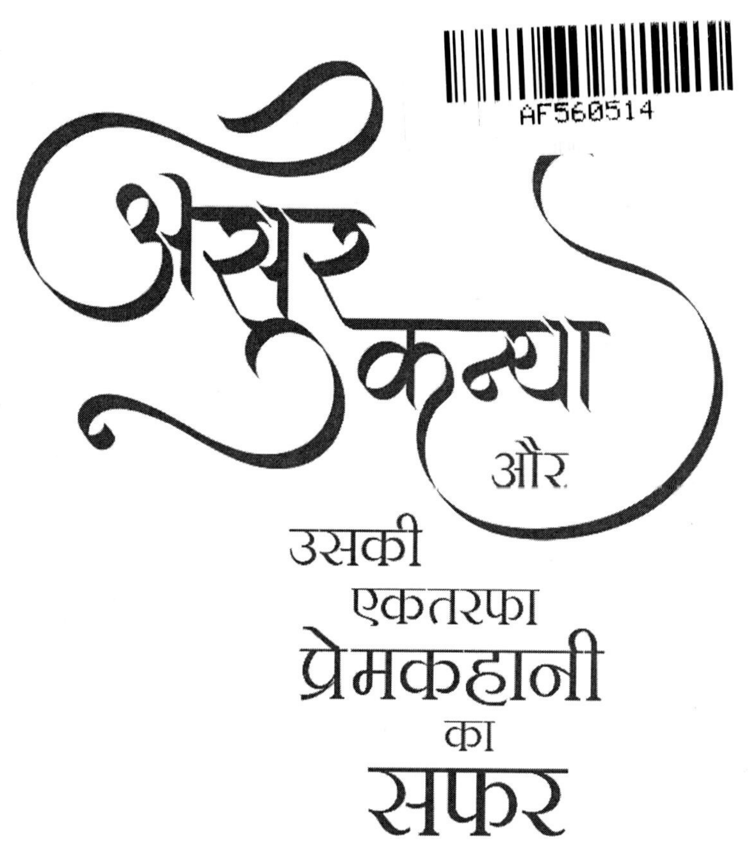

उसकी
एकतरफा
प्रेमकहानी
का
सफर

मनीषा अग्रवा (MVG)

Invincible Publishers

समर्पण

श्री विवेक गुप्ता

आभार

महाकवि जयशंकर प्रसाद

जिन्होंने मनु, इरा और श्रद्धा को अपनी महान कृति 'कामायनी' में अमर कर दिया।

लेखक के विषय में

एम. वी. जी (मनीषा अग्रवाल) इस पुस्तक की लेखिका हैं, यह उनकी दूसरी प्रकाशित कृति है। उनकी पहली पुस्तक, ' फ्रॉम जीरो टू वन - मनु की कहानी ' को पाठकों ने खूब सराहा है और आलोचकों तथा समीक्षकों ने भी ने पुस्तक की बहुत प्रशंसा की है| यह आदिपुरुष मनु की कहानी पर आधारित रचना थी - देश, क्षेत्र और धर्म की सभी सीमाओं को लांघती हुई समय के साथ चलती आई भारतवर्ष की एक कहानी।

पहली पुस्तक की सफलता निस्संदेह एक उपलब्धि थी| इसने लेखक को एक ऐसी रचनाकार के रूप में पाठकों द्वारा स्वीकृति प्रदान की, जिसने जन मानस में प्रचलित इस पुरा-कथा को तर्कसंगत शोध तथ्यों के आधार पर रचे साहित्य के रूप में प्रस्तुत किया। नई दिल्ली के प्रगति मैदान में आयोजित प्रतिष्ठित वर्ल्ड बुक फेयर २०१८ में भी पूर्वोक्त शीर्षक पर पाठकों की प्रतिक्रिया काफी उल्लेखनीय रही, जहां 'फ्रॉम जीरो टू वन ' पुस्तक कई सौ प्रतियों में बिकी।

मनीषा एक ऐसी रचनाकार हैं जो अपनी प्रतिभा में ईमानदार भी हैं। प्राचीन भारतीय इतिहास पर उनकी शोध और गहरी समझ, जिसे उन्होंने अपनी पठन प्राथमिकताओं से पाया है, उनके लेखन में साफ़ दिखाई देती है। उनके पास अतीत के गर्भ में झाँकने वाली एक मर्मभेदी दृष्टि है, जो समय की धुंध में छुपी कहानियों की खोज करती है - और क्या ढूँढ लाती है यह उनके पाठक देख ही सकते हैं!

कल्पना और सत्य के बीच देखती नजर की इसी खूबी ने उन्हें यह दूसरी पुस्तक लिखने के लिए प्रेरित और उत्साहित किया है।

यह पुस्तक भी एक प्रयास है अनकहे, अस्पष्ट और भुला दिए गए इतिहास के पन्नों से कथाएँ बटोर लाने का - उन पात्रों को पुनः सजीव करने का, जो इर्द-गिर्द हो रहे काल के परिवर्तनों से अन्जान, बेखबर, गुमनामी की चादर ओढ़े सोये पड़े हैं| कुछ बेपरवाही से, कुछ लाचारी से!

तो यह कहानी है तथ्यों और मिथकों को एक साथ बांधती हुई... एक अद्भुत परिकल्पना!

विश्वास करने के लिए पढ़ें...

विषय प्रवेश

प्रेम क्या है?

एक भावना, एक भक्ति, एक परमानंद, एक पवित्रता।

आदि काल से इसके बारे में इतना कुछ कहा और लिखा जाता रहा है कि लगता है इसमें और कुछ नहीं जोड़ा जाना है। लेकिन जब प्रेम के नित नए और अभूतपूर्व आयाम उभर कर सामने आ जाते हैं तो जान पड़ता है जैसे कि हम इसके बारे में जानते ही नहीं थे|

प्रेम - यह एक भाव हमेशा से विचारकों और लेखकों को आश्चर्यचकित करता आया है|

और इसलिए इस विषय पर विचार और पुनर्विचार करना अपेक्षित है... प्रेम की अभिव्यक्तियाँ आज ही क्यों - सदा, सर्वदा चर्चा और अन्वेषण का विषय बनी रहेंगी।

आज का समय एक बड़ा ही तेज़ दौड़ता युग है। गति इतनी, कि रुक कर देखा - तो छूटे! ऐसे में सौहार्द, प्रेम, ममता, मोह - सिर्फ शब्द भर बन कर रह गए हैं, निरर्थक और अबूझ| यहाँ तक कि समूचा जीवन ही मानो नशे की अवस्था में बीतया गया समय हो, जिसमें कुछ समझ नहीं आता क्या सही या क्या गलत। हृदय का क्या कोमल पक्ष और क्या कठोर - सभी कुछ उन्माद सा दीख पड़ता है|

लेकिन अगर यह उन्मादी मानव जाति कुछ समय के लिए रुक सकती और उस विचार शून्यता को देख सकती जिससे हम 'प्रेम' नामक

नैसर्गिक भावना से पेश आते हैं तो शायद हम देख पाते कि हम कितने गलत हुए जा रहे हैं।

प्रेम एक भावना है – भावावेग नहीं।

जब मैं यह कहती हूं, तो मुझे लगता है मुझे भावावेग और भावना - इन दो शब्दों के अर्थ में अंतर पर जरा विस्तार से कहना चाहिए।

भावना - यह जैसा कि मैंने समझा है, एक स्थायी संवेदना है| यह किसी भी व्यक्ति की चरित्रगत विशेषता है जो अपने मूल स्वरुप में उसकी अंतर्शक्ति के रूप में उपस्थित रहती है| यह समय अथवा स्थिति के साथ परिवर्तित नहीं होती, अपने सहज रूप में स्थिर रहती है| हाँ, कभी कभी यह अदृश्य या अप्रकट हो जाती है, विस्मृत हो जाती है या यहाँ तक कि परिस्थिति वश निष्क्रिय भी हो जाती है| किन्तु यह है अवश्य - मनुष्य को जीवन शक्ति प्रदान करती हुई चुपचाप उसके अंतर्मन में कार्यरत रहती है|

दूसरी ओर भावावेग एक अत्यंत संवेदनशील उत्कर्ष है, जो किसी विशेष भावना के अतिरंजित उत्थान के परिणाम के तौर पर जाग्रत होता है| यह मानो एक ज्वर की भाँति चरम तक चढ़ कर उतर जाता है| मन की स्थायी भावनाओं के आन्दोलन से उत्पन्न हुआ आवेग, उस भाव विशेष के समाहार के बाद कायम नहीं रह सकता| क्योंकि, मस्तिष्क का शासन उसे नियंत्रित कर लेता है|

अतः भावावेग क्षणिक है और हमेशा के लिए नहीं रह सकता| क्रोध, हंसी, दर्द, भूख, वासना... ये भावावेग हैं, इन्हें स्थायी भाव समझ कर भ्रमित न हों|

हम अक्सर इच्छा और आवश्यकता, दर्द और दुःख, प्रेम और वासना के बीच के अंतर को महसूस नहीं कर पाते और दोनों को एक समझ बैठते हैं| फिर अक्सर इसी उहापोह में घिरे हम जटिल उलझनों में फँस जाते हैं जैसा कि इरा ने किया - जो इस कहानी की मुख्य पात्र है|

इरा एक ऐसा चरित्र है, जिसे कोई भी आधुनिक लड़की बड़ी आसानी से समझ सकती है। वह एक स्वतंत्र विचारों वाली हर तरह से उन्मुक्त युवती है, एक ऐसी लड़की जो अपने अधिकारों और वरीयताओं के बारे में पूरी तरह से जागरूक है।

वह परेशान होना पसंद नहीं करती - तथाकथित सामाजिक व्यवस्थाओं को दरकिनार कर अपनी इच्छाओं से किसी भी तरह का समझौता करने से साफ़ इनकार कर देती है| वह अपने ही तरीके से जीवन का आनंद लेना चाहती है - भरपूर और निर्बाध|

ऐसी उन्मुक्त और स्वछन्द इरा का बहिर्मुखी चरित्र एक चौंका देने वाले परिवर्तन से गुजरता है जब वह स्वयं अपने और यहाँ तक कि दूसरों के भावनात्मक अंतर्मन से खेलना शुरू कर देती है। कैसे और कहाँ वह अपनी सरल, बालसुलभ अधीरता में गलत हो चली यही मेरी पुस्तक की शेष कथा बनती है|

इरा, मनु और कामायनी की कहानी प्राचीन संस्कृत ग्रंथों में से कुछ में इंगित की गई है। इस गुमनाम कथानक की धुंधली पड़ी रूपरेखाओं को मैंने पुराने संस्कृत शास्त्रों में से खोज कर निकला है| अपनी कहानी गढ़ते हुए मैंने किसी भी प्रकार की अतिश्योक्ति से खुद को दूर रखने की हर संभव कोशिश की है - विशेषकर पात्रों और उनके चरित्र चित्रण में| सफल हुई हूँ या नहीं, यह आप सब देखेंगे!

पुनश्च

इसी कहानी को एक नितांत ही बौद्धिक विन्यास महाकवि जय शंकर प्रसाद ने, जो कि हिंदी साहित्य के अग्रदूत रचनाकार हैं, उन्होंने अपनी कालजयी कृति "कामायनी" में दिया है।

इस अमर काव्य में कहानी के तीन प्रमुख पात्रों को आलंकारिक रूपकों के माध्यम से प्रस्तुत किया गया है - मनु सृजन के लिए प्रतिबद्ध अनन्त आत्मा का प्रतीक है| कामायनी हृदय है जो सर्जन की शक्ति प्रदान करता है, और इरा बुद्धि की अस्थिर अवस्थाओं का प्रतीक है।

यह एक गाथागीत के रूप में लिखा गया सुन्दर महाकाव्य है| इसमें हृदय, मस्तिष्क और आत्मा के जटिल क्रियाकलापों (उसी क्रम में कामायनी, ईरा और मनु) को परिभाषित करने के लिए रूपकों के तौर पर जीवंत चरित्रों का उम्दा उपयोग किया गया है। हर बार जब भी मैंने कामायनी पढ़ी है, मुझे कुछ नया ही मिल गया है| मेरी यह पुस्तक श्री जय शंकर प्रसाद की असाधारण अवधारणा को एक विनीत श्रद्धांजलि भी है।

मैं कह नहीं सकती कि सुदूर इतिहास की अस्पष्ट कल्पनाओं में घिरी एक पुरानी कथा के वैभव को जगा पाने में मेरी यह पुस्तक सफल होगी या नहीं, किन्तु एक बात मैं अवश्य कहना चाहती हूँ - अपने गौरवशाली अतीत के प्रति मेरी गहन श्रद्धा कभी कम न होगी| मैं सोचती हूँ कि मेरी कहानी के पात्र इतिहास के किसी कोष्ठक में, किसी कोने में खड़े शायद अब भी मुझे देख रहे होंगे... वहीँ से जहाँ से हमारी सभ्यता ने अपनी यात्रा शुरू की थी!

सविनय, एम. वी. जी (मनीषा अग्रवाल)

आमुख

मेरी पहली पुस्तक फ्रॉम जीरो टू वन - मनु की कहानी) युगों पहले विश्व भर में आई एक महाप्रलय की कहानी पर आधारित थी| हजारों साल पहले आई एक भयंकर बाढ़ ने पृथ्वी की सतह से मानव सभ्यता का हर चिन्ह मिटा दिया था। महा विनाश की इस घटना ने धरती पर पनपते जीवन को तहस नहस कर मनुष्य की प्रगति और परम्परा दोनों पर पूर्ण विराम लगा दिया था|

भारतीय मान्यता के अनुसार उस प्रलय में केवल सप्त-ऋषि और मनु - कुल आठ लोग जीवित बचे थे। उन्हीं मनु ने मानव सभ्यता की नए सिरे से शुरुआत की थी| यह कहानी लगभग सभी प्राचीन धार्मिक ग्रंथों के साथ-साथ विश्व भर में उपलब्ध इतिहास की पुस्तकों में भी जगह पाती है।

मेरी पहली पुस्तक के इस सूत्र का यहाँ भी उपयोग किया गया है| किन्तु पात्रों, स्थानों और घटनाओं के क्रम को बनाये रखते हुए दोनों कहानियों की अंतर-निर्भरता को भी पूरी तरह से ध्यान में रखा गया है| क्योंकि जिन सहृदय पाठकों के हाथ में यह पुस्तक है (लेकिन FZTO को पढ़ा नहीं है) उन्हें भी इस कथा का आनंद लेने का उतना ही अधिकार है जितना कि उन्हें, जिन्होंने मेरी पहली पुस्तक को पढ़ा और सराहा है।

इतिहास की तलाश करने वालों के लिए भी मेरे पास साझा करने के लिए थोड़ी बहुत अतिरिक्त जानकारी है। कसेरुमान पर्वत श्रृंखला जो इस कहानी का परिवेश बनती है, वह आज के सुप्रसिद्ध काकेशस पर्वत है। हमारे पुराण आदि ग्रंथों में उनका उल्लेख कसेरूमान या कास गिरि के रूप में मिलता है।

उन्नीसवीं सदी के आरंभिक दौर में ब्रिटिश यात्री कैप्टन फ्रांसिस विलफोर्ड ने अपने यात्रा-संस्मरणों में इस क्षेत्र की संस्कृति से वैदिक संस्कृति की आश्चर्यजनक समता के बारे में लिखा है। जाहिर तौर पर यह मान लेने के कारण हैं कि दुनिया के उस हिस्से में रहने वाले लोगों के भारतीय सभ्यता के साथ कुछ मूल संबंध थे। इस पुस्तक के लिए अपनी शोध के दौरान भी मैं कुछ ऐसे ही प्रमाणों को देखती आई हूँ जो इस संबंध की ओर दृढ़ता से इंगित करते हैं।

लेकिन यहाँ इस खोज में आगे बढ़ने के बजाय मैं एक लेखक के रूप में अपनी कहानी को कल्पित कथा स्वीकार करती हूँ।

CONTENTS

खंड ।

नवारम्भ - एक नई कहानी

अध्याय 1

एक नई शुरुआत

बाणासुर ने हिमालय पर्वतमाला के उत्तर में यात्रा की। न जाने वह कहाँ जाना चाहता था... और किस ओर चल पड़ा था, यह सोचने के लिए भी वह नहीं रुका।

बाण के पाँव एक ऐसी दुनिया की खोज में थे जहाँ उसे उसी रूप में स्वीकार किया जाए जैसा कि वह था - असुर राज बाणासुर, निर्दयी और अहंकारी बाणासुर, अत्याचारी बाणासुर। उसे ओढ़ी हुई अच्छाई से चिढ़ थी... उकता गया था वह भलाई के उपदेशों से!

अब वह अपने दुःख के हर कारण से दूर जाना चाहता था जिसने उसके बीते जीवन की यादों को अर्थहीन बना दिया था – और वे थे मानव, यक्ष, आदित्य और मनु। इन सभी का नाम तक उसे सुनाई न दे सके - वह किसी ऐसी जगह चले जाना चाहता था|

लगभग दो महीने से कुछ अधिक समय तक भटकने के बाद एक दिन वह आखिर विशाल हिमालय श्रृंखला के पश्चिम में स्थित दुर्गम कसेरुमान पर्वत श्रेणी में पहुँच गया।

वह निराश एवं परेशान तो था, लेकिन पराजित नहीं हुआ था| उसके अदम्य अहंकार ने उसके दृढ़ संकल्प को बरकरार रखा था जिसके कारण वह भीषण जलप्रलय से भी बच निकला था –एक दिन फिर अपनी स्वयं की दुनिया खोजने का हठी जीवन संकल्प! उसकी थकी हुई आँखों

ने क्षितिज का हर कोना खोज डाला था - एक ऐसे क्षेत्र की तलाश में जहाँ से वह खुद को जोड़ सके।

और आखिर अब वह सफल हुआ,

"मेरा हठ ही मेरा बल है... क्यों न हो!" उसने खुद की तारीफ़ करते हुए अपनी पीठ ठोंकी, "यह पत्थर की दीवार महान शम्बरासुर के पत्थर के किले के कंगूरों की तरह दिखती है... बेशक यह वही है! क्योंकि इस पृथ्वी पर कहीं और ऐसा किला नहीं है। इसका अर्थ है कि मैं कसेरुमान पर्वत आ पहुँचा हूँ! चलो, भाग्य ने मुझे आखिर अब सम्भाला - यही सही|"

पुनर्जीवित आशा के साथ बाणासुर तेज कदमों से चल कर एक विशाल पत्थर के किले के दुर्भेद्य द्वार तक आ पहुँचा।

अध्याय 2

एक प्रस्ताव

I

इरा मुँह फुला कर बैठी थी।

उसकी घनी और लम्बी पलकें उसके स्वस्थ गालों को छू रही थीं। उसके लम्बे, घने सुनहरे बाल उसके सुन्दर चेहरे के इर्द-गिर्द घूम रहे थे, मानो किसी उत्तर की खोज के लिए संघर्ष में साथ दे रहे हों। वह सोच रही थी|

नादिया, इरा की नौकरानी (और सखी भी) उसे चुपचाप देख रही थी| आखिर अंत में ऊब कर उसने कहा,

"आखिर इतना सोचने के लिए है ही क्या? तुम्हें केवल विचार करने के लिए ही तो कहा गया है – ज़रा सोचो - सिर्फ विचार करने के लिए, कि क्या आज रात सैमन में अपने साथी के रूप में बाणासुर का चुनाव करोगी? ओह! और इसके लिए बस 'हाँ' या फिर 'ना' भी कह सकती हो। तो कह क्यों नहीं देती?"

इरा ने अपना सुंदर सिर अपनी हथेलियों से उठाया और बड़ी बड़ी नीली आँखें खोल लीं,

"हाँ... मतलब ना| समझी?"

नदिया ने कुछ भी न समझ पाने का इशारा किया|

“ऊँह... वही तो मेरी मुश्किल है। प्रस्ताव को हाँ कहने का तो मेरा कोई इरादा है नहीं। भगवान जाने क्यों, लेकिन मुझे हमेशा से उस मूर्ख बाणासुर के भद्दे चेहरे से चिढ़ है...! मैं कहती हूँ मैं क्यों उसके व्यर्थ घमण्ड का सामना करूँ... जो मुझे पता है उसमें है! सच कहती हूँ नदिया, वह ऐसा है|” इरा बरस पड़ी|

नदिया ने अविश्वास से अपनी सखी को देखा और बोली, “तुम तो बस...पीछे पड़ गई हो,”

“भाड़ में जाए वह! इससे कोई फर्क नहीं पड़ता कि वह कितना अच्छा व्यवहार करता है, या उसने कितनी बार हमारे लिए युद्ध जीते, या कितनी जल्दी वह दो साल के भीतर ही पिताजी का दाहिना हाथ बन गया... होगा वह जो भी! मैं कहती हूँ मैं उससे नफरत करती हूँ। हाँ... समझी?" वह चिल्लाई|

"तो ठीक है। फिर अपने पिता से बस इतना ही कहो।” नादिया ने लापरवाही से कंधे उचकाये।

“नहीं... यह भी मैं नहीं कर सकती| इससे पिताजी का निरादर होगा| ओह! क्योंकि मेरे पास मना करने का कोई कारण नहीं है। अच्छा... हो सकता है, बस उनका सम्मान करने के लिए मैं बाणासुर के साथ कार्निवाल में चली जाऊँ...क्यों? और शायद आज रात ही मुझे उस घमण्डी को ‘ना’ कहने का कारण मिल जाए - क्या कहती हो?"

"हम्म| जैसा सोच रही हो वैसा हो तो सकता है| या फिर यह दूसरे तरीके से भी काम कर सकता है...," नादिया ने वाक्य के उत्तरार्ध के लिए अपना स्वर नीचे करते हुए कहा।

“मतलब उसके बारे में मेरी राय बदल जाए? ये नहीं होने का! यहाँ तक कि अगर मुझे उसके खिलाफ कोई नई वजह नहीं मिली तो भी मैं उसे कतई पसंद नहीं करूँगी... कभी नहीं! क्योंकि मैं उससे नफरत करती हूँ, चिढ़ है मुझे उससे! सुना तुमने,” पाँव पटकते हुए उसने कहा।

"ओह जो भी हो!" नादिया ने बहस से ऊब कर तर्क बंद किया, "अब जब तुम आज रात कार्निवल में जा ही रही हो, तो मेरा सुझाव है कि उठो और ज़रा बेहतर कपड़े पहन लो। वर्ना समय पर पर याद न दिलाने के लिए फिर मुझे कोसने लगोगी।”

सर हिलाते हुए इरा ने कुछ सोचा और अपने श्रृंगार कक्ष में चली गई। उसने अपनी खूबसूरत रंगीन पोशाकों (ज्यादातर ढीले गाउन और दुपट्टे) को बेपरवाही से किनारे किया और एक हलके हरे रंग की पोशाक का चयन किया जो घिसी हुई होने पर भी खासी सुन्दर पोशाक थी। वह कुछ नया और खास पहनना नहीं चाहती थी, क्योंकि वह नहीं चाहती थी कि बाणासुर की आँखें उसी पर टिकी रहें।

राजकुमारी के बाल सँवारते हुए नादिया ने अलग-अलग कोणों से अपने काम की छानबीन की और बड़बड़ाई, "समझ नहीं आता कि तुम्हें बदसूरत कैसे दिखाऊँ... बदतर श्रृंगार में भी चमक उठी हो!”

“बस भी करो... ज्यादा नहीं बोल रही? न सही एक उम्मीद ही रहने देती – कि आज मुझे इस अजीब वेश में देख कर वह खुद मुझसे शादी करने से इन्कार कर दे...” इरा चिढ़ गई।

बाणासुर के साथ होने के विचार से ही उसका गुस्सा इस बार अनुचित रूप से सातवें आसमान पर था।

"इन्कार? हाँ क्यों नहीं, ज़रूर!" भँवे चढ़ा कर नादिया चल दी।

II

शम्बरासुर इस क्षेत्र का शक्तिशाली राजा था।

इससे पहले वह सौराष्ट्र के पास के एक असुर राज्य का सेनाधिपति था। सालों पहले अपने कट्टर विरोधी आदित्यों के विरूद्ध लड़ी गई एक निर्णायक लड़ाई में हार का सामना करने के बाद उसे अपनी मातृभूमि से भागने के लिए मजबूर होना पड़ा। उसकी जान बच गई थी, और उसके कुछ लोग भी बच गए थे।

तत्पश्चात बचे हुए असुरों के एक छोटे से दल का नेतृत्व करते हुए उसने अपना जीवन नए सिरे से शुरू किया| ब्रह्मावर्त सदा के लिए छोड़ कर वह उत्तर-पश्चिम दिशा में चलता गया| धीरे धीरे कुछ अन्य दस्यु और शिकारी भी उसके दल में शामिल होते गए, जो कि दशकों पहले उस क्षेत्र में भोजन और आश्रय की खोज में आए थे और अब तक असंगठित भटक रहे थे|

उसने उन्हें इकठ्ठा किया और अपने अनुचरों में शामिल किया| इस छोटी सी सेना के बल पर आस पास के क्षेत्रों को लूटते और आतंकित करते हुए वह अपनी धैर्य, बुद्धि और हिम्मत के बल पर वर्तमान स्थिति तक आ पहुँचा था| इस प्रकार वह अब स्वयं असुर-राज शम्बरासुर बन गया था|

एक योद्धा के रूप में शम्बर चतुर, निर्दयी और चालाक था और राजा के रूप में उत्साही, उदार और लापरवाह। न उसने खुद कभी नियमों या कानूनों पर विश्वास किया, और न ही अपने नागरिकों से किसी नियम का पालन करने की अपेक्षा की। नतीजतन वह असभ्य और अनियंत्रित लोगों के एक ऐसे समूह का शासक था जो किसी भी प्रकार के अनुशासन या आदेश के अधीन नहीं थे।

नियम अनुपस्थित थे, और समाज भटका हुआ था। लेकिन कसेरुमान के अत्यंत दुर्गम इलाकों में से एक में रहने वाले ये लोग नैसर्गिक रूप से मजबूत थे और इसलिए अपने ही तरीके से जीने में पूरी तरह सक्षम थे – अपने कानूनों के बल पर, अपने स्वयं के कट्टर विश्वास के बल पर| वे अपने निजी स्वार्थों की रखवाली आप करते थे। उन्हें किसी की चिंता नहीं थी, उन्हें किसी का डर नहीं था।

कसेरू जैसा कि इस क्षेत्र को कहा जाता था) के जंगली लोगों को हर दिन एक नया आनन्द मनाने का शौक था| उनके पास बुद्धि नाम की किसी वस्तु का कोई उपयोग नहीं था... पर उनके मजबूत हाथ कला, शिल्प और निर्माण की अद्भुत शैली में बहुत कुशल थे। उनके मस्तिष्क की क्षमता ज़मीन को छूती थी लेकिन उनकी शारीरिक शक्ति अदम्य थी जिसे वे महत्वाकांक्षी संरचनाओं को बनाने में दिल खोल कर उपयोग करते थे।

कसेरुमान का सुप्रसिद्ध विशाल पत्थर का किला जो उन्होंने अपने लिए बनाया था, शानदार असुर शिल्प कौशल का एक ऐसा ही उदाहरण था।

असुरों ने भूमि पर कब्जा करके थोड़ी बहुत खेती तो की, मगर उसमें लापरवाही बरती| उस मामूली उपज के बजाय उपलब्ध पशुओं के दूध और मांस को खाकर ही वे खुश थे, जिन्हें उन्होंने खास इसी उद्देश्य के लिए पाला था। शहद, सूखे मेवे और शराब उनके जीवन के अन्य शौक थे।

तो ऐसे थे कसेरुमान के उपद्रवी असुर – अपनी इच्छाओं और कामनाओं द्वारा पोषित, असंयत और असभ्य नागरिकों की एक नितान्त जंगली आबादी।

III

कसेरुमान के सनकी असुरों ने जीवन में रोज नया आनन्द मनाने के लिए कुछ विचित्र परम्पराओं और त्योहारों को शामिल किया| उन्होंने सैमन उत्सव तैयार किया, जो वहाँ के मूल लोगों – कसेरू के पूर्ववर्ती निवासियों पर अपने राजा की पहली जीत को मनाने के उपलक्ष्य में शुरू किया गया था|

शम्बर और उसके दल के क्षेत्र में प्रवेश करने से पहले वहाँ कसेरू नामक एक सम्पन्न गाँव हुआ करता था। इस गाँव की प्रजा बिना राजा और बिना सेना के शांति से रहती थी। सदियों से वे एक स्व-शासन परम्परा के अन्तर्गत फलते-फूलते चले आ रहे थे।

माना जाता था कि बहुत पहले इन मूल कसेरू वासियों को किसी कारण वश ब्रह्मावर्त के लोगों से अलग कर दिया गया था। उनकी जड़ें ब्रह्मावर्त के प्राचीन वंशों में थी| किन्तु अब वे कुछ सदियों से कसेरुमान पर्वत के इलाके में रहने लगे थे, जब तक कि दो दशक पहले उन्हें शम्बरासुर की सेना ने पूरी तरह समाप्त कर दिया|

विजेता शम्बरासुर के शासनकाल में वे पराजित, गुलाम और लगभग नहीं के बराबर हो चले थे। उसके आसुरी उग्रवाद ने इस अन्यथा शांतिपूर्ण क्षेत्र को आज के आक्रामक, उच्छृंखल और जंगली क्षेत्र में बदल दिया था।

असुर लोगों ने कसेरू के ग्रामीणों को बेरहमी से लूटा और मार डाला था| केवल उन्हीं लोगों को बख्शा गया था, जो शारीरिक रूप से ठीक-ठाक किन्तु मानसिक रूप से असक्षम थे - या कहिये कि अपने नए स्वामियों की सेवा करने भर के लिए योग्य थे। परिणामस्वरूप

कसेरुमानी संस्कृति अपनी मूल आबादी सहित पूरी तरह से मिट चुकी थी।

नादिया, इरा की अनुचरी एक ऐसी ही कसेरुमानी बालिका थी। वह अपनी दादी के मृत शरीर के पीछे छिपकर असुर आक्रमण से बच गई थी।

आक्रान्ता शम्बरासुर ने उस नन्हीं बच्ची को देख लिया था और उस अबोध उम्र में भी उसकी छोटी छोटी बुद्धिमान आँखों से प्रभावित हो गया था। खासकर यह देख कर कि उस हिंसक आक्रमण के दौरान भी वह रो नहीं रही थी... अपनी दादी के मृत शरीर के पीछे से कौतूहल भरी दृष्टि से कठोर आक्रमणकारी को घूर रही थी!

शम्बरासुर ने उसी कौतूहल से उस बच्ची को उठा लिया। वह निर्भीक लड़की उसे पसंद आई, और उसने उसके लिए एक महत्वपूर्ण कार्यभार के बारे में सोच कर उसे पालने का निश्चय किया। उसका नाम रखा गया नादिया| नादिया को अपने बचपन की घटनाओं के बारे में अधिक याद नहीं था सिवा एक दादी के - जो उसे ब्रह्मावर्त की महान भूमि की कहानियाँ सुनाया करती थी।

इस देखने में साधारण किन्तु तेज लड़की को मूल कसेरुमान जाति की तीव्र बुद्धि विरासत में मिली थी। उसके कुछ चोटियों में बन्धे घने काले बाल हमेशा उसके चौकोर चेहरे के इर्द-गिर्द मजबूती से लिपटे रहते, उसकी छोटी किन्तु तीखी काली आँखें हमेशा सतर्क रहतीं। वह सुन्दर नहीं थी, लेकिन चेहरे पर एक विलक्षण क्षमता की प्रभावशाली छाप थी... मानो किसी अनागत के आदेश पर कार्य करने के लिए ही वह बनी हो!

कसेरुमान का प्राचीन समाज वास्तव में ब्रह्मावर्त के अपने पूर्वजों से कई मायनों में मिलता जुलता था। लेकिन उनके बारे में कुछ भी बता

सकने वाले ज्यादातर लोग पहले ही मारे जा चुके थे। और जो लोग बच रहे थे, उनकी स्मृतियों में विगत कल की कहानी सही ढंग से परोसने की क्षमता नहीं थी। नादिया में भी नहीं|

नादिया इरा को ही अपनी एकमात्र दोस्त, परिवार या सम्बन्धी के रूप में देखती बड़ी हुई| उसके साहस और समर्पण को देखते हुए शम्बर ने भी अपनी बिन माँ की बेटी का दायित्व पूर्ण रूप से उसे सौंप दिया| एक समवयस्क सखी और परिचारिका के तौर पर नादिया का साथ इरा के लिए हर प्रकार से अच्छा था।

तो इस प्रकार राजकुमारी के साथ साथ उसकी उचित शिक्षा इत्यादि का भी प्रबन्ध किया गया। शम्बर को उसकी या अन्य किसी की) ओर से बदला लेने की किसी भी कोशिश का कोई डर नहीं हो सकता था, क्योंकि उसका सारा परिवार मर चुका था और शेष लगभग नगण्य) कसेरु समुदाय के बचे खुचे सदस्य अब असुरों के वफादार गुलाम थे।

IV

हर वर्ष की भान्ति इस बार भी सैमन त्यौहार के अवसर पर बेलगाम असुरों ने अपने लिए जीवन के हर आनन्द का आयोजन किया।

जंगली जानवरों की दौड़, भड़काऊ दंगल, द्वंद्व युद्ध प्रतियोगिताएं, हिंसक खेल, शराब और नृत्य, क्या नहीं था! दिलचस्प बाज़ारों और आकर्षक दुकानों की रंग बिरंगी चमक, वस्त्र-परिधान, हीरे-मोती और न जाने क्या क्या... सभी कुछ जिसके बारे में सोच सकते हैं वो यहाँ था। सभी कुछ हर किसी के आनन्द के लिए खुला था।

वास्तव में देखें तो यह सारा आयोजन जीवन की कोई उच्छृंखलता ही थी - किसी अकारण अपव्यय सी निरंकुश और निरर्थक|

खैर, इस तमाशे के कुछ मनोरंजक अंश भी थे। कार्निवल की ऐसी ही एक रोमांचक विशेषता 'वायस' परंपरा थी। यह एक ऐसा खेल था जिसमें पुरुषों को एक अनोखे तरीके से मनपसंद स्त्रियों को जीतने का मौका दिया जाता था| हर वर्ष यह नए ही तरीके से खेला जाता था - अर्थात् खेल वही था पर खेल के नियम हर साल नए खोजे जाते थे, जिससे उत्साह भी हर वर्ष नया हो।

इस वर्ष यह तय किया गया था कि एक पुरुष जो किसी एक विशिष्ट स्त्री को चाहता था, उसे उसके घर के बगीचे में एक अंजीर की टहनी तोड़ कर रोप देनी होगी किन्तु ऐसे कि किसी को दिखाई नहीं दे। अगर पुरुष ने यह कर दिया, तो लड़की या महिला के पास उसकी इच्छा को स्वीकार करने के सिवा कोई विकल्प नहीं होगा... लेकिन यदि पकड़ा गया, तो उसे सभी महिलाओं से उन्हीं टहनियों की तीखी मार खानी पड़ेगी!

इस विचित्र खेल तथा और भी कई अन्य दिलचस्प रीति-रिवाजों के साथ उपद्रवी असुरों द्वारा हर साल एक सप्ताह का यह उत्सव मनाया जाता था। जीवन का अर्थ था आनन्द, और आनन्द लेने का उनका तरीका यही था... निरंकुश और अमर्यादित।

मानव-पशु दौड़ और जुझारू युगल इस उत्सव का सर्वाधिक निंदनीय प्रकरण था। इन घोर प्रतियोगिताओं के दृश्य कदापि सुखद नहीं थे और इनका अन्त बेहद खूनी, दर्दनाक एवं दुखद होता था। लेकिन असुरों के दृष्टिकोण से इन्हें देखना या इनमें भाग लेना वीरता और पौरुष की पहचान थे। अधिकतम संख्या में भारी भीड़ इस प्रकार की

प्रतियोगिताओं में भाग लेती, जिससे प्रतिभागियों को अधिक से अधिक गम्भीर चोट लगने की सम्भावनाएँ बढ़ जाती।

इस प्रकार दुर्दांत असुरों के खेलों में ही कितने जीवन समाप्त हो जाते, जो कि संभवतः मरण के उत्साह का नितान्त अमानवीय प्रदर्शन था।

यहाँ तक कि स्त्रियों में भी - जहाँ एक कोमल सहृदयता की उम्मीद की जाती है, उन भयावह दृश्यों के प्रति स्वाभाविक घृणा का अभाव ही था... कुछ अपवादों के साथ। इरा उनमें से एक थी।

वह भीषण, बर्बर प्रतिद्वंद्विता देख कर ऊब उठती थी| पागल असुरों की उन्मत्त भीड़ का हिस्सा वह कभी न बन सकती थी। उसके जिद्दी किन्तु कोमल हृदय ने उसकी बर्बर जाति के क्रूर उत्साह के विरुद्ध सदा ही विद्रोह किया था। संभवत: यह उसके मातृ पक्ष के संस्कार थे जो उसे अलग सोच रखने पर विवश करते थे।

V

बाणासुर शम्बर से अपनी स्वामिभक्ति का एक ही पुरस्कार चाहता था - इरा। जब भी वह आस-पास होती, बाण की कठोर और नृशंस मुखाकृति नर्म पड़ जाती, उसकी आँखें और छोटी हो जाती और दृष्टि इधर उधर फिर जाती... उसका ध्यान इरा पर होता और नज़र कहीं और। मगर इरा?

इरा उसे देखती तक नहीं थी - दूर से, एक उदासीन नज़र से भी नहीं। असुर-राजपुत्री ने उसे बहुत ही अनादरपूर्वक नजरअंदाज किया था - अब बाणासुर को यह महसूस होने लगा था। कितनी ही बार उसने इरा

पर अपना प्रभाव जमाने की व्यर्थ चेष्टा की थी। लेकिन अब तक उसे कोई सफलता नहीं मिली थी।

बाणासुर उद्दण्ड असुर था लेकिन उसके पास भी एक हृदय था जिसमें एक कोमल इच्छा भी थी - प्रेम की, एक घर और जीवन के सामाजिक आनन्द की अकथित अभिलाषा। इसी तलाश में आखिर वह अपने देश, अपने लोगों, अपने कल को, अपनी हर स्मृति को पीछे छोड़ आया था।

इरा के साथ कसेरुमान क्षेत्र में बाणासुर अपना घर बनाना चाहता था। वह शम्बर द्वारा स्वयं इस मुद्दे के उठाए जाने का इंतजार कर रहा था। आखिर सारे असुर समाज में उससे बेहतर था कौन जो इरा के लायक होता!

इस बार वार्षिक सैमन उत्सव के अवसर पर शम्बर ने स्वयं अपनी बेटी को कार्निवल में ले जाने के लिए बाण को कहा। यह बाण की प्रतीक्षा का मधुर परिणाम था|

असुरराज शम्बर पिछले कुछ समय से इरा को विवाह बन्धन में बाँध देने पर विचार कर रहा था और इसीलिए उसने सर्वप्रथम बाणासुर की ओर अपना ध्यान आकर्षित किया। वह उसका सबसे प्रिय सेनापति था और इरा उसकी प्रिय पुत्री - दोनों के लिए इससे बेहतर और हो ही क्या सकता था! अतः दोनों ही (शम्बर और बाण) सोच रहे थे कि असुर वंश को आगे बढ़ाने के लिए यही सबसे अच्छा प्रस्ताव है।

किन्तु असुरराज को नहीं पता था की उसकी बेटी उसके चुनाव पर पहले ही ना की मोहर लगा चुकी है|

अध्याय 3

सैमन उत्सव में

I

कार्निवाल में इरा बाणासुर के साथ घूम रही थी।

असुर-राजकन्या के सुन्दर चेहरे की झलक, उसकी हरी पोशाक की सौम्य तरलता... जैसे किसी जादू भरे लोक से आ उतरी हो, जिसके स्पर्श मात्र से बाणासुर का हृदय उसके वक्ष से निकल कर सुंदरी के चरणों पर गिर जाने को आतुर हो रहा था! वह लड़खड़ा रहा था, भाव की तीव्रता से और प्रेम के आवेग से... कुछ सही और अवसरोचित कहना चाहता था किन्तु शब्द नहीं सूझते थे... आज बाणासुर स्वयं से निराश हो रहा था|

बहुत देर तक वह इरा का ध्यान आकर्षित करने का निरर्थक प्रयास करता रहा| कितने ही प्रसंग छेड़े, कितने ही स्व-गुण गिनाये, पर सब बेकार| ईरा तटस्थ बनी रही। बाण के सभी प्रयास उसे और हास्यास्पद बना रहे थे... उसे उत्तरोत्तर मूर्ख साबित कर रहे थे|

हरसम्भव कोशिश कर के थक चुके बाणासुर ने आखिरकार कुछ तो दिलचस्प खोजने के लिए चारों ओर देखा, ऐसा कुछ जो उसके विशिष्ट साथी का ध्यान आकर्षित कर सके।

फिर यों ही लक्ष्यहीन दृष्टि फिराते हुए उसे अचानक असुर v / s बैल की लड़ाई का एक दृश्य दिखाई दिया।

एक भारी भरकम बैल अपने प्रतिद्वंद्वी पर भड़क रहा था और सूजी हुई लाल आंखों वाला एक समान रूप से भयावह असुर उसे उसी प्रकार ताक रहा था| दोनों क्रोधित पशु एक दुसरे को ढेर कर देने की इच्छा से मैदान में आमने सामने डटे थे| इस भयंकर प्रतियोगिता को देखने वाले तमाशाई गरज गरज कर चुनौती देते हुए प्रतिपक्षी को मिटा डालने की शपथ लेते थे| चारों ओर एक वीभत्स चीख पुकार मची थी|

इस कोलाहल से बाण के अन्दर का असुर जाग पड़ा और वह उस शाम के अपने विशिष्ट साथी को भी भूल गया! उसने चिल्लाते हुए बैल को ललकारा, वहाँ जुटे अपने सैनिकों के बीच उत्साहित होकर अपनी भुजाएँ उठा कर घुमाने लगा| भीड़ से लड़ते हुए वह फाइटिंग रिंक के निकट पहुँच गया। उसका गिरोह (उसके अधीनस्थ - वह मुख्य सेनापति था) जो पहले से ही वहां था, उसके साथ शामिल हो गया और जल्द ही वे सब बर्बर भीड़ के एक असंयत प्रदर्शन का हिस्सा बने उन्मत्त हो रहे थे|

इरा पहले से ही बाणासुर की अनर्गल बातों और आधी-अधूरी शिष्टता से चिढ़ रही थी - इसके पास दिमाग था भी या नहीं? वह क्या कर रहा था, वह क्या कह रहा था - इरा की सुनने और सहने की शक्ति जवाब दे रही थी| कैसा तुच्छ था उसके बारे में सोचना... और कितना असह्य था उसके साथ चलना... इरा का मन और मस्तिष्क विद्रोह कर रहा था| एक पूरी शाम उसके साथ बिताना किसी सजा से कम न था, फिर भला पूरे जीवन का तो ख्याल ही...

वह निकल भागने की तलाश में थी और बाण के फाइटिंग रिंक में प्रवेश करने पर उसे वह अवसर मिल ही गया| दो खूनी पशुओं की खतरनाक

लड़ाई की गवाह बनने से पहले असुर-राजकन्या घटनास्थल से फिसल निकली।

उस शाम की व्याकुलता से खुद को उबारने के लिए राजकुमारी काफी देर तक यों ही इधर-उधर भटकती रही। उसे कहीं, कुछ भी अच्छा नहीं लग रहा था - असुरों के सारे खेल उसे भद्दे और ऊबाऊ लगे थे!

आखिर उसकी बेचैन आँखें कोने में सजी एक छोटी सी दुकान पर जा टिकी। यहाँ मोतियों, रंगीन पत्थरों और सीपियों से भरी टोकरियाँ रखी थीं| बेचने वाली स्त्री की ऊंघते देख उसने अपनी हथेली में कुछ उठा लिया और उन पर अपनी उंगलियाँ फिराई,

"ओह राजकुमारी, उन्हें ज़रा और करीब से देखो," दुकान की बूढ़ी औरत सचेत हुई, "बहुत सुंदर हैं... तुम्हारे लिए ख़ास महँगे भी नहीं हैं|"

"हम्म? अ... हां, शायद अच्छे ही हैं," इरा ने अनमना सा जवाब दिया।

“क्यों नहीं, अच्छे तो हैं| मैं कहती हूँ... तुम उन्हें जरूर पसंद करोगी। यह देखो ...ये दुर्लभ पत्थर हिमालय के हैं| हाँ... पूर्वी हिमालय के... यहाँ नहीं पाए जाते। मेरा बेटा इनके लिए सुदूर हिमालय तक जाता है... मैं कहती हूँ... इस तरह के चमकीले जवाहर-पत्थर लाने के लिए उसे एक महीने का समय लगता है... देखो तो भला, तुम्हें ये कहीं और नहीं मिलेंगे। हाँ, और लो जरा इन्हें भी तो देखो... सच कहती हूँ मेरे बेटे ने यह दुर्लभ पत्थर कितनी चोटें सह कर उठाया था...”, उसने राजकुमारी के हाथ पर कुछ और रंगीन चमचमाते पत्थर रख दिए| वे चमचमा रहे थे, और इरा उन्हें देखे जा रही थी - चुप सी, गुम सी।

"हम्म ... ये वाला तो बहुत ही अच्छा है!" इरा के कंधे पर से स्वर उभरा।

"तुम! उफ कैसे डरा दिया तुमने मुझे! ...और तुम यहाँ कर क्या रही हो?" इरा चौंकी|

"बाणासुर तुम्हें खोजता हुआ मेरे पास आया था। और मुझे पता था कि तुम कहाँ हो सकती हो| लेकिन ज़रा ये तो कहो कि तुम उसे कहाँ और क्यों छोड़ कर आ गई?"

"मैं... मैं खुद को... उफ भगवान! उसे यातना देने के लिए मैं ही थी? जितना सह सकी सहन किया... अब बस!"

"क्या है इरा? इतनी व्याकुल क्यों हो? कुछ... नाराज तो नहीं किया उस मूर्ख ने?"

"नहीं! किसी ने कुछ नहीं किया। लेकिन मैं... अभी छोड़ो न नादिया, वह बात करने का मन नहीं है। अच्छा देखो तो हिमालय के इन पत्थरों को ... कुछ तो बड़े अच्छे लग रहे हैं... चलो इन्हें ही खरीदा जाए।"

"हम्म ... यह भी ठीक ही है। बात तो बाद में भी कर सकते हैं। हाँ, तो मुझे लगता है कि ये वाला शानदार है – या... वह, इसे बड़े से गुलाबी गुलुबन्द की तरह पहना जा सकता है और... और यह बालियों के लिए अधिक उपयुक्त है...या क्यों न..."।

नादिया इरा के लिए अनमोल थी - वह इरा को पहचानती थी| उसके स्वभाव के हर उतार चढ़ाव को पढ़ लेने और सम्भाल लेने की कला सिर्फ नादिया को ही आती थी। यह कार्य पूरी दुनिया में कोई और नहीं कर सकता था, उसके पिता शम्बर भी नहीं|

नादिया का सादा सपाट चेहरा सदा गूढ़ बना रहता था| शायद ही कभी किसी ने उसके माथे पर एक शिकन तक देखी हो... उसका धैर्य और उसकी संतुलित वाक्पटुता इरा के साहचर्य के लिए परम आवश्यक थी क्योंकि राजकन्या कभी-कभी पूरी तरह से बिगड़ उठती थी| ऐसे में उसे शान्त करना और उसके सामने शान्त बने रहना - ये नादिया के ही बस का रोग था अन्य किसी के नहीं।

आज शाम के ज्वलंत मुद्दे 'बाणासुर' को पूरी तरह भूल जाने के बाद दोनों लड़कियों ने जी भर कर खरीदारी की। उन्होंने हिमालय से लाए गए रत्न, कपड़े, टोकरियाँ, गुड़ियाँ, चिनाई की कलाकृतियाँ... और जो भी उन्हें अच्छा लगा, खरीदा।

II

अगली सुबह बाणासुर इस विषय पर बातचीत करने शम्बरासुर के पास पहुँचा।

कल शाम के बाद अब वह स्पष्ट तौर पर जानना चाहता था कि उसके सपनों की राजकुमारी और उसके राजा ने उसके लिए क्या भविष्य निश्चित किया है। 'बहुत हो गया यह बेतुका खेल, और बहुत हो गई जी-हुजूरी', वह सोच रहा था।

शम्बर ने चुपचाप उसकी बातें सुनीं, जो नाराज़गी कम सवाल अधिक थे। बाण इतना भी मूर्ख नहीं था की एक पिता से उसकी पुत्री की सीधे तौर पर शिकायत करता!

राजा ने अपनी लाड़ली बेटी को अपने कक्ष में बुलवाया और संकेत से बाण से वहीँ रुकने को कहा। पिता की आज्ञानुसार इरा अकेले आई, निडरता

से किन्तु मन में सन्देह के साथ। राजा ने दोनों को आमने सामने संबोधित किया,

"इरा," उसने कहा, "मैंने हमेशा से सोचा था कि तुम और बाण एक दूसरे के लिए हर तरह से ठीक जँचते हो। तुम मेरी इकलौती वंशज हो और बाण मेरा सबसे योग्य सेनापति है। अब मेरी बिटिया, यह तो तुम जानती हो कि जिस से तुम शादी करोगी वही हमारा अगला राजा होगा। भला बताओ भी, मैंने एक पिता और एक राजा के रूप में तुम दोनों के लिए कुछ गलत तो नहीं सोचा जो कि..."

एक पल के लिए रुक कर शम्बर ने अपनी बेटी को देखा और फिर कहा, "खैर, मैंने क्या सोचा जाने दो| तो... लेकिन, कल शाम के बाद अब मुझे मामला कुछ गम्भीर लग रहा है| तुम इरा, कुछ कारण है कि इस सम्बन्ध से खुश नहीं हो। इसीलिए मैंने आज तुम्हें यह जानने के लिए बुलाया है कि इस विषय में तुम क्या कहना चाहती हो। बोलो बच्चे! क्योंकि मैं सिर्फ तुम्हारी इच्छा जानने और पूरी करने के लिए ही तुम्हारे पिता और यहाँ का राजा भी हूँ।"

इरा अपने पिता की कठोर किन्तु सत्य टिप्पणियां सुनकर चुप खड़ी थी।

लेकिन उसे आज, अभी तय करना और बोलना था। वह खुद पूरी रात इस विषय में सोचती रही थी। उसके मन ने कई बार उससे पूछा था... आखिर वह चाहती क्या थी? उसे अपने लिए क्या चुनना था? क्या वह असुरों की भावी रानी बनना चाहती थी? क्या वह उन क्रूर असुरों में किसी एक से विवाह कर सकती थी (वह हमेशा असुरों के बारे में ऐसा ही सोचती थी) ... क्या आगे उनकी विरासत और वंश को बढ़ाना चाहती थी? क्या इसी परिवेश में सीमित रह कर वह खुश रह सकती थी? नहीं|

शायद बिल्कुल नहीं| तो क्या वह इनमें से किसी एक को जीवन साथी के रूप में चुन पाएगी? कभी नहीं!

वह दुनिया को अलग ही तरह से देखती थी... वह अपने निर्दयी असुर समाज के असभ्य तौर-तरीकों के विकल्प तलाशना चाहती थी। वह सभ्य, दयालु, और अच्छे लोगों के बीच रहने के सपने देखती थी - जिनके साथ उसका हृदय सदा के लिए बँध जाता... भावनात्मक रूप से जुड़ जाता, प्रेम से भर जाता। और तब शायद वह भी एक बेहतर समाज का अंग बन पाती।

इरा किसी असुर से शादी कर ही नहीं सकती थी, यह कल उसने स्पष्ट समझ लिया। लेकिन इस समय पिता के समक्ष प्रकट में केवल यही कहा,

“पिताजी, मैंने भी कल रात इसके बारे में बहुत सोचा है। और मुझे लगता है... मतलब है कि... दरअसल मैं कहना चाहती हूँ कि मैं बाणासुर से शादी नहीं करना चाहती... यानि, अभी नहीं करना चाहूँगी,” वह अचकचाई, “इसका अर्थ यह नहीं है कि मैं उसे पसंद नहीं करती, या करती हूँ... पर, मगर मेरे पास ऐसा भी कोई ख़ास कारण नहीं है कि मैं आपको बता सकूँ... बाण वास्तव में एक अच्छा, या शायद बहुत ही अच्छा जीवन-साथी हो सकता है," उसने पिता को देखा, शम्बर ने भँवें चढ़ाई!

“उफ!” आँखें मूंदकर इरा ने फिर कहा, "...मैं जानती हूँ| बस कह नहीं पा रही... लेकिन पिताजी, आप यह जान लीजिये कि मैं अभी शादी नहीं करना चाहती। मैं... मैं इस दुनिया को देखना चाहती हूँ। हमारे कसेरुमान के अलावा धरती पर क्या है, कैसे-कैसे स्थल या जल हैं, कैसे लोग हैं, कितनी संस्कृतियाँ हैं, इस सब का पता लगाया जाए

तो? मैं कई दिनों से ऐसी बातें सोचती रही हूँ, दूसरी अन्य दुनियाओं के बारे में जानना चाहती हूँ जो इस धरती से दूर हैं!"

"इस धरती से दूर हैं? क्या मतलब है तुम्हारा? भला बताओ तो... आखिर तुम कह क्या रही हो?" शम्बर चकराया।

"ऊँह! अब मैं कैसे समझाऊं... मैं...! पिताजी... आपको पता है, कई बार हमें ऐसे नहीं लगता जैसे दूर से कोई अनदेखा आसमान हमें आवाज़ दे रहा है? या ऐसा, कि दूर कोई धरती आँखें बिछाए मेरी प्रतीक्षा में बैठी है? पिताजी, मैंने अक्सर एक अनजान जगह का सपना देखा है जो बहुत सुंदर है... और शायद हमारे कसेरुमान से बहुत दूर है। सुनिए न, एक जगह - जहाँ हवाएँ गाती हैं और पानी बहता जाता है, सूरज नर्म किरणों की बौछार करता है और चन्द्रमा ओस के मोती बिखेरता है, जहाँ चिड़ियाँ हँसती हैं और पुष्प-पंखुड़ियाँ नृत्य करती हैं... और, ओह! मैं... मैं शायद ठीक से कह नहीं पा रही, क्योंकि मैं खुद नहीं जानती कि वह कहाँ है जहाँ मैं जाना चाहती हूँ। लेकिन एक बात मैं जानती हूँ, और वो ये है कि इससे पहले कि मैं इस... इस अजीब तड़प, या कहिये कि विकट प्रश्न का हल न ढूँढ लूँ मैं शादी नहीं कर सकती, न करूँगी|"

"हम्म... अजीब तड़प, विकट प्रश्न।" शम्बर ने हाथ पर हाथ रखा!

"मुझे यह करना ही है, पिताजी। जरूर करना है... क्योंकि मुझे पता है, मैं कभी खुश नहीं रहूँगी अगर आप मुझे हमारे कसेरुमान में बाँध कर रखोगे। पहला यह कि मैं दुनिया को अपनी आँखों से देखना चाहती हूँ और दूसरा यह कि मैं तभी तय कर पाऊँगी कि मैं जीवन से क्या चाहती हूँ - जब मुझे मेरे हिसाब से सोचने दिया जाए!" इरा ने जोर दिया।

शम्बर चुपचाप बाएँ हाथ से अपनी ठुड्डी को सहलाने लगा।

वह अपनी इकलौती बेटी से बहुत प्यार करता था और उसे जीवन की हर खुशी देना चाहता था। इरा की माँ तो उसके जन्म के समय ही नवजात शिशु को छोड़कर परलोक सिधार गई थी। कुछ लोगों का मानना था की वह ब्रह्मावर्त के पास के किसी क्षेत्र की एक ग्रामीण सुन्दरी थी, जिसे अपने विजय अभियान के दौरान शम्बर द्वारा जबरन अपहरण कर लिया गया था। वही शम्बर का एकमात्र प्रेम-प्रसंग था। पत्नी के असमय देहान्त के बाद उसने फिर कभी शादी नहीं की - इरा के रूप में उसकी एकमात्र बेटी ही उसका परिवार थी जिसे वह प्राणों से भी अधिक प्यार करता था|

इरा को विरासत में अपनी माता से सुंदरता और सहृदयता तथा अपने पिता से दृढ़ संकल्प, जिद और निडरता मिली थी।

असुरों का यह खुला समाज हर प्रकार की सीमाओं से परे था। अतः वह इरा पर जबरन अपनी पसंद नहीं थोप सकता था। असुर कभी भी किसी सामाजिक, नैतिक या सांस्कृतिक दबाव को सहना नहीं जानते थे क्योंकि वे ऐसे ही थे - निर्भीक और स्वछन्द। जब उनमें से प्रत्येक को हर मामले में पूर्ण स्वतंत्रता थी, तो ऐसा इरा के साथ भी था। और वैसे भी, इरा ऐसी तो थी नहीं जिसे विवाह जैसे गम्भीर बन्धन में मजबूर किया जा सके... न, बिल्कुल भी नहीं!

शम्बर ने कुछ देर सोचा और सिर उठाकर इरा और बाणासुर को देखा - दोनों चुपचाप उसकी प्रतिक्रिया का इंतजार कर रहे थे,

"तुम्हारी भटकन, क्योंकि मैं इसे यही कहूँगा - ये एक ऐसी जिद है जो तुम्हें मुझसे मिली है। मेरे अपने रक्त में भी यही भटकन थी जिसने वर्षों पहले मुझे यहाँ ला छोड़ा था। यह भी मैं जानता हूँ कि यह कैसी

अदम्य और अस्थिर है... जहाँ होती है वहाँ कुछ भी नहीं किया जा सकता सिवा इसके कि इसे सुन लिया जाए। जाने क्यों... खैर! अब तुम इरा, तुम इस साम्राज्य का भविष्य हो| और तुम्हारी कुछ निश्चित जिम्मेदारियाँ भी हैं| तुम जो कुछ भी करोगी वह हमारी पूरी जाति को प्रभावित करेगा| इसीलिए तुम्हें अपने फैसलों, अपनी सोच और अपने चुनावों में जरा सावधान रहना चाहिए। मेरी राय में... ऐं बाणासुर, तुम्हारा क्या कहना है?" शम्बर को अचानक बाण की उपस्थिति याद आई।

"मैं क्या...? अ...मैं कहता..." हकलाते हुए बाणासुर ने कनखियों से इरा के सुंदर चेहरे की ओर देखा।

"नहीं! मैं कहती हूँ पिताजी... यह चर्चा मेरे बारे में है, इसलिए सिर्फ मुझे ही कहने का अधिकार है!" इरा ने विरोध किया| उसने मुट्ठियाँ बंद करके गुस्से से पैर पटके।

असुरराज पीछे हट गया, "ओह! ठीक है, ठीक है। हम असुर हैं... सीमाओं से परे। हमें मजबूर किया ही नहीं जा सकता। और मेरी बेटी को? उसे तो बिल्कुल नहीं| अगर मैंने किया भी तो मेरा खून है, विद्रोह करने में देर नहीं करेगी...क्यों? वाह! क्या खूब बेटी है मेरी... भला सोचो तो! हाँ तो इरा, तुम बाण से तब तक शादी नहीं करोगी जब तक तुम्हारी मर्ज़ी नहीं होगी? ठीक?"

इरा ने जवाब में सर हिलाया। वह अभी भी अपने पिता द्वारा घमण्डी बाणासुर को दिए गए अनुचित महत्त्व से नाराज़ थी।

"बहुत अच्छे। तो अब हमें कुछ तय करना है। और वो यह रहा कि मैं इरा को अपनी मर्जी से पूरे बारह महीने दुनिया घूमने और यात्रा करने की अनुमति दूँगा। हम उसे जाने देंगे, और उसे पूरी आज़ादी से दुनिया देखने

देंगे। लेकिन इरा को भी याद रखना होगा कि इस एक साल के बाद उसे घर लौट आना होगा - मेरे लिए, कसेरुमान और शायद बाणासुर के लिए भी - यदि वह इतने समय इरा का इंतजार करे तो।"

"...मैं करूंगा| ओ हाँ, बड़ी खुशी से मैं राजकुमारी का इंतजार करूँगा। हे महान असुरराज! मैं ख़ुशी ख़ुशी अपनी किस्मत खुलने का इंतज़ार करूँगा! चूंकि मैं पहले से ही आपके और आपके दयालु लोगों का बहुत बड़ा ऋणी हूं... तो हाँ, और वैसे भी बारह महीने होते ही कितने हैं - एक साल तो! आपसे और आपकी प्रिय पुत्री से सम्बन्ध की तुलना में क्या? कुछ भी नहीं है! मैं... मैं सच में काफी ठीक हूँ... मेरा मतलब है काफी तैयार... अरे... ओह! मैं बिल्कुल तैयार हूँ। "बाणासुर को अपनी विनम्रता व्यक्त करने की जल्दी थी।

शम्बर द्वारा समय सीमा तय कर देने के बाद एक बार फिर इरा को पाने की उसकी उम्मीद जीवित हो गई। बाण को पता था कि 'विश्वव्यापी भयंकर जलप्लावन के बाद दुनिया के अधिकांश या शायद सारे क्षेत्र मानव-विहीन हो चुके हैं| ऐसे में उसे थोड़ा घूमने देने में कोई बुराई नहीं', उसने सोचा।

यद्यपि विश्व का एक कोना था जो अब भी बसा हुआ था, और वह था उच्च हिमालय श्रृंखला में मनाली और मलाणा। किन्तु सुकोमल असुरकुमारी के लिए यह सर्वथा अनुपयुक्त क्षेत्र था। और फिर उसे मनाली या हिमालय के विषय में कुछ पता भी तो नहीं था|

तो इस प्रकार सुरक्षित महसूस करते हुए बाण इस क्षण अपनी उदारता और वफादारी दिखाने के लिए तत्पर था| निस्संदेह पत्थर के विशाल असुर महल में यह उसका अब तक का सबसे अनुशासित प्रदर्शन था।

अपने पिता के प्रति सम्मान प्रकट करते हुए राजकुमारी ने भी जवाब दिया, "लौट आने पर मैं भी वैसा ही करने का वचन देती हूँ जैसा कि आप चाहते हैं।"

"बहुत ठीक| तो तुम कब जाना चाहती हो?" पिता ने पूछा।

"अ...तो क्यों न कल ही?" इरा ने उत्तर दिया।

"बहुत अच्छे। मैं दमनासुर और उसके दस हथियारबंद योद्धाओं को तैयारी के लिए कहला भेजता हूँ। कारवाँ मेरे निरीक्षण के लिए आज शाम से पहले तैयार हो जाना चाहिए। भोजन, चिकित्सा और हथियारों का पर्याप्त भंडार तुम्हारे साथ रहेगा। हाँ... तुम विरोध करो इससे पहले तुम्हें बता दूँ कि पाँच नौकरानियाँ और पाँच नौकर और भी तुम्हारे साथ जा रहे हैं!" शम्बर ने लड़की को नाक-भौंह सिकोड़ते और होंठों को मोड़ते देख कर कहा| उसे रुकावट का मौका दिए बिना असुरराज बोला,

"बाणासुर, क्या लगता है तुम्हें - दामस (दमनासुर) इस जिम्मेदारी के लिए उपयुक्त है?"

“निश्चित रूप से असुरराज। दामस हमारा सबसे अच्छा और भरोसेमंद आदमी है। आपने एक उत्कृष्ट व्यक्ति चुना है। मैं तो खुद राजकुमारी के साथ जा सकता था यदि वे चाहती... खैर फिर भी दामस ठीक रहेगा।” बाण ने कनखियों से राजकुमारी को देखते हुए कहा।

अध्याय 4
इरा का कारवाँ

I

इरा और नादिया बेहद थक गई थीं।

महीनों से उनका कारवाँ चलता जा रहा था। उन्होंने कसेरुमान पार किया, धीरे-धीरे कश्यप समुद्र के हल्के और बिना उथल-पुथल वाले शान्त तट को पार किया| फिर राजकुमारी की इच्छानुसार अपने रुख को पूर्व की ओर रखते हुए (जो संभवतः हिमालय की खोज में थी) उन्होंने अपनी दिशाहीन, लक्ष्यहीन, विचित्र यात्रा जारी रखी।

छोटा सा यह असुर दल अपनी अजीबोगरीब यात्रा की शुरुआत में बेहद खुश था। उन्होंने कई अनजान-नाम नदियाँ दखीं, विभिन्न जल निकायों के आस पास उगे रंगीन वनस्पतियों और उनसे सजे तटबन्ध प्रदेशों को देखकर वे प्रसन्न हुए - सब कुछ कितना अद्भुत था! हर दृश्य, प्रत्येक स्थान इतना लुभावना था... उन्होंने अपने बीहड़ और रूक्ष कसेरुमान में ऐसा कहीं, कभी नहीं देखा था।

फिर उन्होंने सिंधु के खूबसूरत विशाल मैदान देखे और पुण्यसलिला सरस्वती के निचले किनारे देखे। दुनिया में प्रकृति कितने शानदार स्वरुप में जागृत थी, कैसी निराली धज थी धरती की... राज्यों और महलों की सीमाओं से परे यह अनपेक्षित सौंदर्य अभिसार था! सब कुछ कितना आकर्षक था।

किन्तु कोई भी सभ्यता, कोई भी समाज उन्हें मार्ग में नजर नहीं आया। जलप्लावन ने सम्पूर्ण विश्व में पोषित होते सभी जीवन रूपों को बड़े पैमाने पर समाप्त कर दिया था, केवल कुछ पंखों वाले भटकते मुसाफिरों को छोड़कर क्षितिज तक या उससे परे भी कोई दिखाई नहीं दिया।

कसेरुमान के शाही कारवाँ को अभी तक किसी गाँव या शहर का एक चिन्ह तक नहीं मिला था। लगभग छह महीने तक निष्प्रयोजन घूमते हुए हमारे उत्साही यात्री अब सचमुच थक चुके थे।

"इरा, आखिर हम कर क्या रहे हैं... हमने सफ़ेद चमकीली धूप में लहराते सुंदर दृश्यों को जी भर कर देख लिया है। साफ़ पानी से भरे नदी, तालाबों और झरनों को बखूबी सराहा है| परिन्दों को पहचाना, यहाँ तक कि पेड़-पौधों और जंगली लताओं को भी जान लिया है - तो अब?" नादिया ने पूछा|

“अब... अम्म?" असुरकन्या शायद अब भी कुछ सोच रही थी|

“...तो मुझे लगता है कि बारह महीने पूरे होने से भी हम वापस जा सकते हैं। आखिर कोई कसम थोड़े ही है कि..." नादिया ने सुझाव दिया, वह समझदार बनने की कोशिश में थी।

"....."

"इरा, क्या सोच रही हो?"

"हिमालय।"

"हिमालय...? वह पूर्वी पर्वत? उसका क्या?"

“सुनो, मैं हिमालय देखना चाहती हूँ। तुम्हें याद है वो मनके बेचने वाली... वो जिस तरह से हिमालय के बारे में बता रही थी? कि वहाँ

सुंदर पत्थरों के, मणि मुक्ताओं के या और भी बड़े बेशकीमती खजाने हैं! वो आर्यावर्त की भूमि है... याद है, हमने बचपन में नानी से आर्यावर्त के लोगों के बारे में कितनी दिलचस्प कहानियाँ सुनी हैं - तुम्हें याद है? तुमने खुद मुझसे कितनी बार कहा है कि तुम्हारी दादी ने भी ऐसा ही कुछ बताया था| तो मुझे लगता है कि यह अवश्य ही कोई अनूठा क्षेत्र होगा..."

"हाँ अ... हो भी सकता है और नहीं भी,"

"नादिया मुझे तो बस इतना पता है कि बचपन से ही मुझे यह नाम आकर्षित करता है। मैंने अक्सर वहाँ के बारे में सोचा है – कैसी सुंदर संस्कृति होगी या कैसे सुंदर लोग होंगे... यहाँ तक कि मैंने तो (अक्सर आर्यावर्त के एक राजकुमार से शादी करने का सपना देखा है, उसने खुद से कहा)। तो क्यों न वहीं चला जाए?"

"ठीक है... अब हिमालय ही सही," नादिया भला क्या कहती!

II

दमनासुर या दामस बस इतना जानता था कि उसे राजकन्या के कारवाँ को हिमालय तक ले जाना है। क्यों, कहाँ या किसलिए इत्यादि प्रश्नों से उसे कोई सरोकार न था| वह शम्बर का अत्यन्त विश्वासपात्र, शान्त, विनीत और आज्ञाकारी सिपहसालार था जो अपने स्वामी से अनधिकृत प्रश्न पूछने का आदी नहीं था। कोई भी कार्य सौंपे जाने के बाद वह शायद ही कभी सोचता हो कि वह आदेश-विशेष क्यों जारी किया गया - हिमालय तक जाना उसकी स्वामिनी की आज्ञा थी, और इतना ही उसके लिए काफी था| इसे पूरा करने के लिए दमनासुर कटिबद्ध था... हर कीमत पर। विशिष्ट यात्री के प्रति उसकी निष्ठा अचूक थी।

अन्ततः उसके दल ने दुर्गम चट्टानी पहाड़ियों को पार किया, लम्बी घाटियों को लांघा और जल्द ही मानव सभ्यता के प्रवेश द्वार रोहतांग दर्रे से होता हुआ आर्यावर्त में प्रवेश कर गया।

III

वसन्त ऋतु की गर्मियों की एक सुहानी सुबह थी।

कसेरुमान से निकला छोटा सा कारवाँ पहली बार धरती के इस ओर आ उतरा था। यहाँ इस समय बर्फ़बारी नहीं होती थी और इसलिए उन्हें ठहरने के लिए से एक समतल और आरामदायक जगह मिल गई| यह मनोरम स्थल एक शान्त-सी दीख पड़ने वाली स्थानीय नदी के पास था। यह नदी कोई और नहीं हमारी पूर्व-परिचित अर्जिकीया आज की व्यास नदी का पुराना वैदिक नाम) थी।

असुर दल ने अर्जिकीया के अपर तट पर एक मंडप तान दिया। धीरे-धीरे शाम घिर आई और असुर राजकुमारी ने अपने चारों ओर देखा ...

वो गगन पट विशालतम

नीलाम्बरा वसुन्धरा

है मौन घोर घाटियों में

स्वेद सृष्टि का झरा

जो बोलते ये तुंग श्रृंग

हों तो कोई पूछ ले

घनों के श्वेत अंचलों में

कैसा मोह है भरा?

है पुष्प से किरन का कुछ

ये मेल-जोल सा नया

रूठ कर उड़े भ्रमर ने

हठ नया हृदय धरा?

ओह...

क्या यह स्वर्ग था?

“ओ, नादिया...नदिया! क्या दुनिया इतनी भी खूबसूरत हो सकती है? इन नन्हें पंछियों, फूलों, मतवाली हवा और झूमती गाती नदिया को देखो तो! सुंदर... न, स्वर्गीय। मैं... मैं युगों युगों से यहीं तो आना चाहती थी... और अब यहीं रह जाना चाहती हूँ! सुनती हो न, ये भंवरों की कहानियाँ, इन्हें सुनते हुए यहीं रह जाऊँ तो..." इरा बावली हुई जा रही थी!

नदिया ने देखा कि वह खुद को भूल कर, छोटी बच्ची की तरह अपनी बाहें फैलाए हवा के साथ नाच रही थी! हैरान होकर नदिया बोली,

"हाँ हाँ क्यों नहीं, जरूर| और मुझे यकीन है कि अपनी सनक में तुम यह भी कर ही लोगी! पर खैर, मैं मानती हूँ कि यह सब वास्तव में बड़ा सुंदर है| मगर देखो इरा हमारी भी एक अपनी मातृभूमि है - वो हमें वापस खींच ही लेगी, देख लेना| तो ज्यादा सोचने की...”

“छोड़ो भी... बस एक बार के लिए नादिया यह सब भूल भी चुको! क्या तुम एक बार भी इस प्यारे सूर्य की नर्म किरणों को, या इस खुशनुमा

धरती को... इस खुले आकाश को, यहाँ की स्वागत भरी उमंग को महसूस नहीं कर सकती? एक बार इसे महसूस कर देखो तो, और बाकी सब भूल जाओ।" इरा ने सहेली के सपाट, भावहीन चेहरे को अपने बाल-सुलभ उत्साह से ताका।

नदिया ने अपने सीधे, चौड़े कंधे हिला दिए।

राजकन्या हतोत्साहित हुई, "ओह! क्या तुम कभी कोई आकर्षण महसूस कर पाओगी भी या नहीं?"

"करुँगी किसी दिन - जब मैं मरने लगूँगी तब।" नादिया ने भौंहें चढ़ाई, हाथ का बक्सा उठाते हुए उसने कहा और राजकुमारी को उसके कल्पना लोक के साथ वहीँ छोड़ कर भीतर चली गई।

नादिया के हृदय नहीं था - एक स्थिर दिमाग था जो काल्पनिक लोक के बजाय वास्तविकता में रहना अधिक श्रेयस्कर समझता था। उसके चौकोर चेहरे पर लिखे दृढ़ संकल्प को देखते हुए वास्तव में ही किन्हीं आकांक्षाओं या भावनाओं के आगे उसके झुकने की कल्पना तक नहीं की जा सकती थी। वह कभी प्यार में नहीं पड़ सकती – ऐसा इरा ने अक्सर सोचा था। और इस विचार ने उसे कुछ कुछ दयनीय भी बना दिया था - किन्तु हाँ, मस्तिष्क के क्षेत्र में वो कतई दयनीय नहीं थी!

नादिया ने इरा से बहस न करना ही उचित समझा क्योंकि उसे बहुत सी जरूरी चीजों की व्यवस्था करनी थी| उसे काम करना था क्योंकि राजकन्या के उत्साह को देखते हुए साफ़ ही कारवाँ को कुछ हफ़्तों या शायद उससे भी अधिक समय तक वहीं रहना था।

इरा और उसका यात्री असुर-दल इस जगह के महत्व को जाने बिना अर्जिकीया के तट पर ठहर गया। किन्तु हम और आप तो जानते हैं ही कि यह ग्राम मनाली के बाहर का इलाका था, वही मनाली जो हमारी सभ्यता के पहले राजा मनु के अनुयायी मनुष्यों का प्रथम गाँव था।

खंड II

नए आयाम

अध्याय 1
मनाली में

I

ग्राम मनाली अब समृद्ध हो रहा था।

मनु और उनके अनुयायियों के लिए यह गाँव आरम्भिक मानव सभ्यता का प्रथम आश्रय था, लेकिन अब दिनों-दिन समृद्ध होते जीवन स्तर की चौतरफा प्रगति के साथ सच्चे अर्थों में पनप भी चुका था। मनाली और उसके निवासी एक सक्षम एवं सभ्य समाज के रूप में तेजी से उभर रहे थे| वे शरीर से स्वस्थ, हृदय से मजबूत और संसाधनों में धनी हो रहे थे।

अपने विगत दिनों में वे जिस साहस से हर विषमता से जूझ चुके थे, उसी साहस से अब अपने आगामी जीवन के दूरस्थ वैभव को पुनः प्राप्त करने में जुटे थे। वे मेहनती लोग एक उन्नत समाज के अग्रदूत थे, जो पुराने को छोड़ कर नए कल के लिए आगे बढ़े, और अपनी प्रगति की यात्रा में आज के वैज्ञानिक युग तक आ पहुँचे| ये हमारे पूर्वज थे - मनु द्वारा संस्कृत 'मनुष्य'|

ब्रह्मावर्त के राजा सूर्य के पुत्र श्राद्धदेव मनु मानवों के पहले राजा थे। वह उनके नेता थे, उन्हीं पर सब की आशाएँ टिकी थी। मनु की सूक्ष्म दृष्टि लक्ष्य पहचानती और उनकी बुद्धि-प्रखरता उन्हें पाने की राह सुझाती। उनके साथी परिश्रम करते और अपने नायक द्वारा

दिखलाए पथ पर चलते जाते| इसी प्रकार उनके प्रयत्नों को परिणाम मिलते गए और वे आगे बढ़ते गए, मानव सभ्यता आगे बढ़ती गई।

मानवों की रानी थी कामायनी| परम सुन्दरी वसु-पुत्री कामायनी उनके राजा के लिए एक आदर्श पत्नी थी - अपने कर्तव्यों और अधिकारों की समुचित पहचान रखने वाली एक बुद्धिमती नायिका थी| उसकी चरित्रगत विशेषताओं पर मनु स्वयं मुग्ध थे| अपने नागरिकों के प्रति यदि उनका जीवन समर्पित था, तो कामायनी को उनका हृदय!

मनु-कामायनी का बन्धन स्वयं महाबुद्धिमान सप्तऋषियों द्वारा बाँधा गया था, यही इस दम्पति की श्रेष्ठता का प्रमाण था|

कामायनी ने मनु से केवल पति होने का आग्रह कभी नहीं किया। उसने अपनी और अपने पति की भी इच्छाओं के उन आयामों पर रोक लगा दी थी जो उन्हें नवविवाहित प्रेमी-युगल बनाती थी।

मानव प्रमुख ने अपने लोगों के उत्थान के लिए अपना जीवन समर्पित किया था... इस सीमा तक कि शादी के बाद से आज तक उन्होंने ब्रह्मचर्य का पालन किया था| दोनों अपनी कर्त्तव्य भावना से बंधे थे| उनका फैसला था - जब तक उन्हें ये लगे कि उनके दल को उनके नेतृत्व की जरूरत है वे अपनी निजी जिन्दगी के बारे में नहीं सोचेंगे| सो वह समय आना अभी बाकी था जब मनु और कामायनी अपने बारे में सोचते - एक पति और पत्नी की तरह गृहस्थ बनते।

मनु-स्थली, या कहिये मनाली में जीवन धीरे-धीरे संपन्नता प्राप्त कर रहा था। नई चुनौतियाँ, नए निष्कर्ष निकाले जा रहे थे। उद्यमी मानव मेहनत से धरती की तुलाई कर रहे थे और मवेशियों को पाल रहे थे। वे पर्याप्त मात्रा में खाद्यान्न, विभिन्न फल और सब्जियां उगा रहे थे, अपनी आने वाली पीढ़ियों के लिए जीवन सुगम बनाते चल रहे थे,

जिससे धरती पर जीवन की विगत कठिनाइयों जल -प्लावन) का हर चिन्ह मिटता चला जाए|

नए मनुष्य समाज ने अपने चारों ओर हर संभव सुन्दरता का सृजन किया - उपयोगी शिल्प और कलाएँ विकसित की, उत्साह-पूर्वक जीने के विविध सामान जुटाए| प्रकृति ने उन्हें प्रगति करने का यह दूसरा मौका दिया था जिसे लेकर वे बहुत खुश थे, और अपनी खुशी इस प्रकार जीवन को सँवारने में व्यक्त करते थे।

मनाली के निवासी तरह तरह के महीन और बुने हुए वस्त्र पहनते थे जो सूत, रेशम और ऊन के रंगीन धागों से बुने जाते थे| उन्हें चरखे का उपयोग करना आता था, और धागों तथा वस्त्रों को रंगना भी| रंगों का उपयोग देक्खने योग्य था और कभी-कभी अति सुंदर ताने-बाने में कपड़ा बुना जाता था, जहाँ पर इस्तेमाल की गई धागे की अद्भुत कारीगरी उसे अलग ही रूप से निखार देती| सिले गए वस्त्रों पर भी धागे या मनके की कढ़ाई के साथ साथ कशीदाकारी भी की जाती थी।

मानव स्वभाव से ही सजीले लोग थे और उनके शौक उत्तम दर्जे के थे। उन्हें सजावट पसंद थी - उन्होंने सोने और चाँदी के अलंकरण बनाए, उन पर स्थानीय रूप से पाए जाने वाले बहुमूल्य रत्नों, पत्थरों और मोतियों के जड़ाऊ काम के साथ शानदार पच्चीकारी की और उनसे अपने अंगों को सुशोभित किया। उनके घर साफ-सुथरे और सुरम्य थे जहाँ रहने की सभी सुख-सुविधाओं के साथ-साथ सजावटी सामान भी दीख पड़ते थे।

संक्षेप में कहें तो ग्राम मनाली एक ऐसी कहानी थी जिसकी शुरुआत इतनी अच्छी थी कि आने वाली पीढ़ियों के लिए कई अनुकरणीय निशान छोड़ जाने वाली थी।

II

दिन ढल चला था और अस्ताचलगामी सूर्य धीरे-धीरे आकाश पटल के पश्चिम में उतर रहा था।

राजर्षि मनु शैल शिखर पर अपनी कुटीर में लौट रहे थे जहाँ उनकी प्रिया कामायनी उनका इंतजार कर रही थी। उसने कुछ दूर राह पर से उन्हें आते देखा और हमेशा की तरह एक बार फिर उसकी धड़कन दौड़ने लगी... यह होता ही था। उस पहले अवसर से, इसी शैल शिखर पर जब से उसके हाथ ने पहली बार मनु का स्पर्श पाया था, तभी से वह उनकी उपस्थिति में खुद को थाम नहीं पाती थी। और थामती भी कैसे... मनु थे ही ऐसे - असाधारण व्यक्तित्व के स्वामी, दर्शनीय और कमनीय!

कामायनी के पति अधिकतर अपने कर्त्तव्य पथ पर रहते, और अपनी जिम्मेदारियाँ निभाते हुए अक्सर घर भी नहीं लौटते थे। उनकी प्रजा को रोज नए धरातल खोज निकालने थे और बन्जर भूमि को उपजाऊ धरती में बदलना था। वे नए उपकरणों पर चर्चा और उनका आविष्कार करने में व्यस्त थे। उन्हें अपनी उपज बढ़ाने के लिए नई तकनीकों की खोज करनी थी। उन्हें सूखे मौसम के दौरान अपने मीलों तक फैले खेतों में सिंचाई का पानी पहुँचाने के लिए नहरों का निर्माण करना था। उन्हें अभी बहुत सी बाधाओं को पार करने के लिए नई संरचनाओं और प्रणालियों को खड़ा करना था।

और इस सब के लिए यह ज़रूरी था कि अपने संरक्षक सप्तऋषियों और बुद्धिमान आदित्यों से निरंतर परामर्श लिया जाए|

यह सब तथा और भी बहुत कुछ करने के लिए मानव प्रमुख को सुदूर जगहों की यात्रा करनी पड़ती थी। परिणामस्वरूप मनु कामायनी के भर्ता मनु के रूप में बहुत कम ही उपलब्ध थे... और जब होते थे, तब कामायनी कामायनी नहीं रह पाती थी!

आज का दिन मनु के लिए विशेष रूप से कुछ छोटा था, उन्हें अपनी प्रिया के पास लौटने का अवसर मिला था| कामायनी, जिसे वह प्यार से श्रद्धा कहते थे, उसके पास जल्द से जल्द पहुँचने के लिए आज उनके पास पर्याप्त कारण भी था। वह कारण था उनके गुरु महान सप्तऋषियों का आदेश - मनु-कामायनी को वैवाहिक जीवन में कदम रखने का आग्रह करते हुए ऋषियों ने संदेश भेजा था।

मानव जाति के पहले नायक के रूप में मनु का प्रारंभिक कार्य अब संपन्न हो चला था और ऋषि चाहते थे कि वे अब व्यक्तिगत जीवन का भी आनंद लें अर्थात गृहस्थ में प्रवेश करें। खुद मनु ने भी महसूस किया था कि अब समय आ गया था अपनी प्राणप्रिया के प्रति उत्तरदायित्व निभाने का| उनकी प्रजा खुश थी, और उनकी मनाली समृद्ध थी।

अब एक और वादा निभाने का समय आ गया था - वो वादा जो उन्होंने सालों पहले इसी जगह एक नतग्रीवा नवयौवना से किया था। वह अब अपनी पत्नी के पति होना चाहते थे... मनु अब कामायनी के बारे में सोच रहे थे।

“फिर वही! तुम कब से द्वार पर खड़ी हो? देखो सच कहना... जब भी मैं लौटने की कह जाता हूँ तुम नियत समय से पहले ही यहाँ

आ कर चौखट से लग जाती हो! भला क्यों? आज भी दोपहर से ही यहाँ खड़ी हो, है न?” मनु अपनी पत्नी और उसके प्रेम को समझते हुए भी अनजान बन रहे थे।

"कहाँ, नहीं तो। ऐसा नहीं है... मैं अभी ही यहाँ आई थी कि आप चले आए।" उसने जवाब दिया।

"झूठी... सदा की तरह।" मनु ने सिर हिलाया और मुस्कुराते हुए घर में प्रवेश किया।

“न, झूठ कहाँ... आज नहीं आर्यपुत्र। आज तो सच में अभी आई थी द्‌वार तक यह देखने कि सूर्य कहाँ तक चल दिया| इतने में ही आप भी चले आए और...” उसने मनु को जल-पात्र दिया और अपनी ही कहानियाँ सुनाते हुए वह झेंप मिटने की जल्दी में अंदर से कुछ लाने के लिए तुरंत घर के भीतरी भाग में चली गई|

शीघ्र ही हाथ में एक रेशमी बण्डल (एक रेशम के कपड़े पर लिखा हुआ नोट) पकड़े हुए कामायनी लौटी| यह बण्डल आर्य पृथु (एक प्रमुख) ने उसे मनु को देने के लिए कहा था। इसमें भवन निर्माण विज्ञान से संबंधित कुछ सीमांकन थे जिन पर अगली सुबह की बैठक में चर्चा के बाद अंतिम रूप दिया जाना था।

जल पीकर मनु पलंग के सिराहने पर आ बैठे थे।

आज बहुत समय के बाद वे अपनी प्रियतमा पत्नी को निर्निमेष देख रहे थे। उसने लाल और सुनहरी किनारी की एक स्वच्छ सफेद साड़ी पहनी हुई थी (अपने ब्रह्मचर्य व्रत निर्वाह होने तक सफ़ेद वस्त्र पहनने का फैसला किया था)| उसकी लोल कलाइयों में सीपी के कंगन और शंख-से मनोहर गले में स्वर्ण की पतली जंजीर झूल

रही थी। अणीदार सफेद मोती उसके कर्णफूलों में चमक रहे थे, उसके लंबे काले केश ढीले जूड़े में लिपटे थे| उसके साफ़, उजले माथे पर एक लाल बिंदु अंकित था, जो मनु की दृष्टि को बाँध लेता था...

कितनी ही बार मनु ने उस उग्र बिंदु को देखा था... नन्हें उदीयमान सूर्य की तरह जिसने मनु के क्षितिज को प्रकाशित किया था, या भंवों के बीच उगे चन्द्रमा की तरह, जिसने मनु की धरती को अमृत दिया था... माथे की वह बिंदिया थी या कि भोर का पहला तारा - भटके हुओं को राह दिखा कर घर ले आता प्रकाश पुञ्ज?

मनु आज कवि हो रहे थे... श्रद्‌धा के माथे पर सजे लाल बिंदु में उलझ पड़ी उनकी दृष्टि हट नहीं रही थी| उनका हृदय समझने का प्रयास कर रहा था मनुप्रिया के मनोहर मस्तक पर पड़े इस भव्य प्रलोभन को, या उसके अबूझ प्रयोजन को! क्या था यह... महाशिव की कोप ज्वाला में दग्ध हुए कामदेव का विजय चिन्ह? या फिर कलंक के डर से उभरा चन्द्र बिम्ब? या कहीं मानस के हंस से बच कर भागा माणिक तो नहीं, जो स्फटिक-फलक पर सजकर सजनी के नयनों से खेल रहा था...

मनु की निगाह हट नहीं रही थी... उधर कामायनी निरन्तर असहज हो रही थी| उसने हाथ में पकड़ा बण्डल आगे किया,

“हाँ, आ... आज आर्य पृथु ने संदेश भेजा है। देखिये... आर्यपुत्र, वह कल दोपहर तक इस पर चर्चा करना चाहते हैं। ओ हाँ, ...इस बीच मैं आपके जलपान के लिए कुछ फल ला दूँ... देखती हूँ कि संध्यावन्दन का समय भी निकला जा रहा है..”

“न, मुझे नहीं चाहिए। कामायनी..."

"...हम्म?"

मनु की आँखें अब भी उसके निर्दोष माथे पर अंकित छोटे से बिंदु पर टिकी थी।

उन्होंने हाथ बढ़ा कर धीरे से उसके हाथ को थाम लिया| नजरें जमीन पर गड़ाए कामायनी समीप आई... मनु ने आगे बढ़ कर हौले से उसे और पास खींच लिया।

अपने आलिंगन के बीच रखे हाथों में रेशम के बण्डल को कसकर पकड़े हुए कामायनी ने मनु के वक्ष से सर लगाया और अपनी आँखें बंद कर लीं।

अतिरेक से वह खुद असंयत हो रही थी ...किन्तु यह क्या? आज मनु के हृदय की धड़कन बोल रही थी - कुछ नयी ही बात थी!

यह पहली बार था, कि मनु के श्वास में भी वही कम्पन थी जो उनकी उपस्थिति में उसकी साँसों में होती थी... उनके आलिंगन में वही कसक थी जो उसके मन में थी|

हे विधाता! वो आज चाहते क्या थे? आज उनके आलिंगन में भाव था, प्रेम था, चाह थी!

सहसा मनु की हथेलियों को अपने चेहरे पर महसूस कर उसने आँखें खोलीं। अपने हाथों में उसका मुख ले कर उन्होंने माथे की बिन्दिया को हलके से चूम लिया...

रेशम का बण्डल फिसल कर उसकी ढीली पड़ी उँगलियों से गिर गया...यकायक पीछे हटते हुए उसने खुद को कहते सुना,

“आर्यपुत्र! जाने दीजिए! मैं..."

“कामायनी... रुको प्रिये, चली न जाओ। ठहरो, सुनो तो...”, मनु बढ़े और अपनी बाँह से उसे घेर कर आग्रह से बोले।

कामायनी खिचीं सी, रुकी सी, झुकी सी खड़ी रही| क्या कहे? और क्या करे?

पर मनु उसे आजमाने पर तुल रहे थे - उनकी उंगलियाँ उसके बालों में घूम कर जूड़े को खोलने में लगी थीं, और अगले ही पल उसके धैर्य की तरह काले-काले केश मचल कर फैल गए...

"आर्यपुत्र!"

“श...मेरी बात सुनो, कामायनी। यहाँ बैठो। आज मुझे सप्तऋषियों से जो संदेश मिला है, उसे सुनो।”

मुग्ध, चकित और कम्पित मनुप्रिया के कन्धे पकड़ कर मनु ने उसे सायास बैठाया। फिर उसके पास नत-जानु हो कर उन्होंने आज पहली बार अपने दिल को धड़कने देने का कारण बताया।

उन्होंने उसे बताया, कि उनके हृदयों में सोई भावनाओं को व्यक्त करने का समय आ गया था... कि अब उन्हें अधिकार था उस प्रेम-प्रतिज्ञा को पूरा करने का जो उन्होंने कुछ वर्षों पूर्व इसी जगह अपनी मुग्ध प्रियतमा से किया था... कि अब वे कामायनी के थे, उसके साथ और उसके लिए|

मनु आज कामायनी को श्रद्धा के रूप में देखना चाहते थे।

उसके नैसर्गिक सौंदर्य को फूलों से संवारना और निहारना चाहते थे। वह उसे देवलोक की उस अज्ञात सुन्दरी के रूप में देखना चाहते थे जिसका चित्र उनके दिल में पहली नज़र में ही बस गया था|

अर्जिकिया के अशांत जल पर चलती हुई उस स्वप्न-बाला ने मानो आकाश से उतर कर सीधे उनके हृदय में ही प्रवेश किया था! आज मनु चाहते थे कि उसका वही रूप उन्हें फिर चकित कर दे, उनके मानस को भ्रमित कर दे। और तभी उन्हें कुछ याद आ गया...

"जरा रुको प्रिये... मुझे कुछ क्षण और दो। कुछ है जो मुझे अभी करना है - इसी समय! और हाँ... मैं जल्द लौटूँगा... संध्यावंदन से पहले ही," मनु ने कहा और अपनी भौंचक पत्नी को हैरान खड़ी छोड़, तुरंत घर से बाहर निकल गए।

अध्याय 2
अजनबी से भेंट

I

मनु अर्जिकीया के परले तट की ओर जा रहे थे जहाँ उन्हें पता था बहुत सारे कैरव सफ़ेद कमल) खिलते हैं। युवा प्रेमी अपनी प्रेमिका को सजाने के लिए मुट्ठी भर पुष्प चुनना चाहता था... एक अलसाई लालसा को पूर्णतः जगाना चाहता था जो लम्बी नींद से जागने के लिए प्रस्तुत हो रही थी|

मनु अपनी पत्नी के सौंदर्य को सफेद पुष्पों की भव्यता के मध्य द्विगुणित होते देखना चाहते थे, क्योंकि श्वेत ही था जो उन दोनों की प्रिय, अनमोल और अनछुई भावनाओं को विशुद्ध रूप से व्यक्त कर सकता था।

नदी के प्रवाह को संभाल कर वे धारा के दूसरी ओर चले गए, जहाँ बिखरी अतुल पुष्प राशि ने उनका स्वागत किया| यहाँ दूर दूर तक असंख्य कमल खिले थे - मानो एक ऋतुहीन बर्फीला छलावा मानव-राज का प्रिय करने के लिए असमय उतर आया हो। सैकड़ों राजसी कैरव उन्हें नमन करते हुए खड़े थे, उनके लिए अपनी उपयोगिता का प्रचार करते सर हिला रहे थे।

मनु ने जल में दोनों हाथ उठा कर सर्वप्रथम संध्यावंदन किया| सूर्य तेजी से अस्ताचल में ढल रहा था। तदनन्तर उन्होंने चुनकर कुछ

फूल तोड़ लिए| फिर सावधानी से उन्हें पकड़कर वह तेजी से वापस तट की ओर तैरने लगे, घर लौटने के लिए आज अधिक उत्सुक जो थे।

और इसी असावधानी में नदी-तट पर चलते हुए वह किसी से अचानक टकरा गए। एक कैरव उनके हाथ से छूट कर गिर गया... शेष फूलों को सँभालते हुए अजनबी को पहचानने के लिए कुछ कदम पीछे हटे तो देखा कि एक बिल्कुल ही अनजान, यहाँ तक कि विदेशी-सा चेहरा उन्हें घूर रहा था!

II

नदी किनारे इरा अकेली टहलने निकली थी|

सुन्दर मैदानी तट की खुशबूदार ठंडक उसे सुहा रही थी| वह उस अनदेखे प्रेम के दूरस्थ खयालों में सराबोर हो रही थी जिसने उसे कसेरुमान से यहाँ, हिमालय तक भटकाया था... क्या कभी उसे भी प्रेम होगा? असुर से तो नहीं, फिर किससे होगा? वह अभी खड़ी सोच ही रही थी, कि पानी में किसी के चलने की आवाज सुनाई दी... स्रोत की खोज करने के लिए पलटी तो किसी से टकरा गई!

उसने कुछ कदम पीछे लिए और एक पुरुष की आकृति देखी... सुनहरे कमरबंद व सफेद धोती धारण किए गीले वस्त्रों में वह भीग रहा था| एक स्वच्छ दुकूल दुपट्टा) उसके चौड़े बलिष्ठ कन्धों पर गीला होने के कारण) चिपका था| उसकी लंबी भुजाओं में सफ़ेद फूलों का एक गुच्छा था।

इरा ने देखा, गहरे काले केश उसके स्वस्थ चेहरे के इर्द गिर्द लिपटे थे - अभी भीग ही रहे थे| सांध्यकालीन लालिमा में चमकता हुआ

गोरे माथे पर बना चटक पीले रंग का सूर्यकुल तिलक अलग छटा बिखेर रहा था... उसकी पैनी आँखें गीली पलकों के नीचे सघन बरौनियों की छाँह में और भी तीक्ष्ण हो रही थीं... कौन था यह? इरा ने पलकें हिलाईं!

और तभी अपनी शान्त, खनकती, गंभीर आवाज में वह बोला तो इरा के भीतर जाने कौन सा राग छिड़ गया,

"... क्षमा करें शुभे, मैं देख नहीं सका," उसने कहा|

इरा मूक, अवाक! वह थी कहाँ!

"मैं... क्षमा तो योग्य हूँ शुभांगे? आपको लगी तो नहीं?" मनु ने पुनः माफी मांगी।

"...."

“मानव प्रमुख सूर्यपुत्र मनु आपको नमस्कार करता है देवि! आप इस क्षेत्र की नहीं लगती... यदि अनुचित न लगे तो बताएँ कि आप कहाँ से आ रही हैं?"

यंत्रवत इरा ने जमीन पर गिरे फूल को उठाया और उसे देखते हुए बोली,

"यह... क्या यह मेरा हो सकता है?"

"क्या? ...हाँ, क्यों नहीं। निश्चय ही आप इसे रख सकती हैं, और यदि आप चाहें तो ऐसे और भी अनेक पुष्प आपके लिए मँगाए जा सकते हैं| नमस्कार अतिथि! हम मनाव हैं और यह हमारा क्षेत्र मनाली है। आप जिस विदेशी भूमि से आ रहे हैं मैं उसे भी नमस्कार करता हूँ। हमें अपने आतिथ्य का अवसर दें... आपको मनाली के अतिथि के रूप में पाकर हम प्रसन्न होंगे। मैं मनु हूँ - इस जनस्थान का नायक।”

"मनु? और मैं इरा। मैं यहाँ आई हूँ... ” वह जैसे नींद में थी,

"हाँ?"

इरा 'आप के लिए' कह देना चाहती थी, जो उत्तर उसके कंठ में स्वतः आ रहा था, किन्तु काष्ठवत् खड़ी रह गई! उसके सारे बोध, सारी इंद्रियाँ मानो उसकी आँखों में ही उतर आई थीं - वह कुछ भी सोच, कह या सुन नहीं सकती थी। वह केवल मनु को देख सकती थी!

नादिया राजकुमारी की तलाश कर रही थी| उसने कुछ दूरी पर से इरा को एक अजनबी के साथ बातचीत करते देखा। तेज कदमों से चलकर वह उसके पास आ गई,

“नमस्कार आर्य। मैं नादिया, कसेरुमान की राजकुमारी इरा की ओर से आपका अभिवादन करती हूँ। राजकुमारी महान असुर राज शम्बरासुर की पुत्री हैं। इन्हीं की इच्छानुसार हम लोग दुनिया घूमने के उद्देश्य से विदेशी भूमि की यात्रा कर रहे हैं। और सच तो यह है कि इन छह महीनों के दौरान पहली बार हमारा कारवाँ किसी सभ्यता के निकट आया है... तो अ... तो इसीलिए कुमारी जी थोड़ा घबरा गई हैं... राजकुमारी?”

इरा तो जैसे मूर्ति हो गई हो!

“अ...आपके निमंत्रण के लिए धन्यवाद आर्य, क्योंकि हमारी राजकुमारी खुद आपकी संस्कृति और सभ्यता को नजदीक से देखने के लिए उत्सुक है। इरा, क्या कहती हो? इरा?" अबकी बार नादिया ने इरा की बाँह पकड़ कर उसे हिलाया - वह अभी तक निर्वाक खड़ी थी, गुमसुम।

"हँ... हाँ, सच! बिल्कुल," अब वह जगी।

"तो स्वागत है अतिथि!" परिचय प्राप्त करने के बाद दोनों हाथ जोड़कर मनु ने अपने मेहमानों को औपचारिक रूप से आमंत्रित किया, "मैं अपने ग्राम जाकर आपके कारवाँ के स्वागत की व्यवस्था करता हूँ। जब तक आप इस अंचल में रहना चाहें, तब तक आप लोग हमारे अतिथि रहें। मनाली में आपकी उपस्थिति से हम कृतज्ञ होंगे," उन्होंने कहा और तुरन्त रवाना हो गए।

मनु से विदा लेकर नादिया अपनी सखी की ओर मुड़ी, और उसे देख कर चकित रह गई। उसके चेहरे पर कुछ ऐसा था जिसने नादिया के समझदार मस्तिष्क में एक विचार कौंधा दिया, 'यह इरा कुछ और ही सोच रही थी, कहीं और ही निकल पड़ी थी',

"इरा?" उसने जरा कड़ाई से पूछा|

"हम्म?"

"इरा, मुझे नहीं लगता कि यह सही है,"

"क्या सही नहीं है? हमारा उनके गाँव मनाली जाना? तो तुम्हें लगता है कि खुद जाने के बजाय हमें उन्हें यहाँ बुलाना चाहिए?"

"ओह!"

"अब क्या?"

"तो स्पष्ट सुनोगी फिर..."

"कह भी चुको..."

“...यह कि मुझे नहीं लगता किसी अजनबी से इतनी जल्दी प्रेम कर लेना चाहिए! अब चाहो तो मुझी पर इसका इल्जाम भी धर दो!” नादिया रूखी हो उठी।

"ओ...तुम!" सुलगती आँखों से उसे घूर रही इरा के नील नयनों से ढरके बड़े बड़े आँसुओं ने अचानक उसके गालों पर गिर कर उसे खुद आश्चर्यचकित कर दिया,

"मैं...ओह! क्या मैं...”

किसी के वहाँ आ जाने से पहले नादिया उसका हाथ पकड़ कर उसे लगभग खींचती हुई तम्बूघर में ले चली।

III

इरा और नादिया एक दूसरे के बगल में बैठी थीं|

नादिया ने आज पहली बार इरा की भावनाओं को बेहद बेदर्दी से घायल किया था - सच था या झूठ, किन्तु उसके ऐसे असभ्य और अनुचित बर्ताव ने उन दोनों को ही आहत किया था।

इरा को चोट लगी, और नादिया को अपनी सखी को दर्द देने की चोट लगी| वह दोषी महसूस कर रही थी। दोनों लडकियाँ थोड़ी देर तक रो चुकी थीं और अब एक-दूसरे को दिलासा देती बैठीं थीं।

"इरा! मैं बहुत बुरी हूँ, बहुत ही बुरी... कोई हक़ नहीं था मुझे इस तरह तुमसे बात करने का! मुझे बहुत खेद है| पता नहीं क्या हो गया था मुझे कि मैं... ऊफ! बहुत ही भयानक था वह! प्यारी राजकुमारी, अपनी नादान नादिया को माफ कर दो, हो सके तो इस बार

मुझे माफ़ कर दो। मैं खुद नहीं जानती कि मैंने ऐसा क्यों किया... क्या किया मैंने... शायद मैं तुम्हारे लिए कुछ ज्यादा ही चिंतित हो गई थी! हाँ, पर मैं... ओह! क्या कहूँ... बस मुझे बहुत ही अफ़सोस है, मेरी नाजुक राजकुमारी| जरा देखो मुझे... इधर... सुनो, अपनी इस मूरख नादिया को माफ कर दोगी?" उसने सहेली का हाथ पकड़ते हुए कहा। वह अब भी सुबक रही थी|

जब कभी वह भावुक होती थी तो उसका चौड़ा, सपाट चेहरा आश्चर्यजनक रूप से अपरिचित लगता था। जैसे यह कोई और ही नादिया हो|

'न, न... नादिया। बस करो| मैं ठीक हूँ। अरे हाँ, सच में मैं ठीक हूँ। मुझे पता है कि तुम कैसी अच्छी हो... हमेशा अच्छी ही रही हो।"

"ओ इरा," उसे बाहों में भरते हुए नादिया बोली, "मैं... मैं फिर कभी ऐसा नहीं करूँगी, वादा करती हूँ।"

"हम्म। तुम्हें मुझ पर और अधिक भरोसा करने की कोशिश करनी चाहिए... लो आज मैं भी वादा करती हूँ कि ऐसा कभी कुछ न होगा जो मैं तुमसे छिपाऊँ। अब ठीक?"

"बहुत ठीक! ओह प्यारी इरा, यही कारण है कि मैं तुम्हें दुनिया में सबसे ज्यादा प्यार करती हूँ।" नादिया ने राजकुमारी के दोनों हाथों को पकड़ कर चूम लिया।

जब दामस दमनासुर) ने दस्तक दी और उनके कक्ष में प्रवेश किया, तो दोनों स्वस्थ और स्थिर हो चुकीं थीं| दामस ने बताया की खुद को मानव कहने वाले कुछ लोगों का समूह किसी 'सोम' नामक व्यक्ति के नेतृत्व में उन्हें लेने आया है।

IV

मनु ने अपने गाँव लौटकर सोम (उनके विश्वस्त सहयोगी) द्वारा सैलानी अतिथियों को मनाली लाए जाने की व्यवस्था की। उन्होंने आर्या धृति (पृथु की पत्नी) को मेहमानों के लिए आवास और अन्य सुख-सुविधाओं के आयोजन का भार सौंपा।

इतनी व्यवस्था करके वे अपनी कुटीर में लौटे तो हमेशा की तरह फिर कामायनी को द्वार पर खड़ी पाया।

“मुझे पता था कि तुम यहाँ मिलोगी। आज मुझे जरा ज्यादा ही समय लग गया| फिर भी देखता हूँ कि तुम खुद को नाहक थका रही हो... कब से दरवाजे पर खड़ी हो?” उन्होंने शिकायत की।

"न आर्यपुत्र मैं बिल्कुल नहीं थकी|"

"यह नहीं पूछोगी कि मुझे इतनी देर कहाँ लगी?"

"यदि आप चाहें तो बताएँ," वह मुस्कुराई|

और फिर मनु ने शम्बरासुर की बेटी, कसेरुमान की राजकुमारी इरा से मुलाकात के बारे में उसे बताया।

"शम्बरासुर...,” कामायनी ने याद करने की कोशिश की, "वही जिसका पत्थर का महल है, जो वहाँ की पूर्ववर्ती सभ्यता को नष्ट कर उनका राजा बना है?"

"तुमने उसके बारे में सुना है?"

“हाँ, मैं कुछ-कुछ जानती हूँ। आदित्यों और असुरों के संघर्ष के शुरुआती दिनों में वह एक कुख्यात असुर था। सौराष्ट्र के तट (जहाँ सरस्वती नदी

पश्चिमी समुद्र में गिरती है) पर असुर-राज मदासुर और तात शक्र (आदित्य प्रमुख) के बीच हुए भयंकर युद्ध में वह भी लड़ा था। असुर युद्ध हार गए और मदासुर तात शक्र के हाथों मारा गया। लेकिन उसका मुख्य सेनापति शम्बरासुर बच निकला और ऐसा माना जाता है कि वह किसी अज्ञात स्थान पर, बहुत दूर कहीं भाग गया था। फिर उसने किसी विदेशी क्षेत्र पर अन्यायपूर्ण तरीके से कब्जा कर लिया - मैं यहाँ तक तो जानती हूँ, लेकिन इसके सिवा किसी और जानकारी से मैं भी अवगत नहीं हूँ।”

"हम्म... तब तो ऐसा लगता है कि कसेरुमान ही वह क्षेत्र है जिस पर उसने आक्रमण किया था।"

"यह आगंतुक... इरा, यह... उसी की पुत्री है?"

“हाँ, उसका तो ऐसा ही कहना है। कामायनी, तुम क्या सुझाव देती हो? क्या कहती हो, कि हमें उनके साथ कैसा व्यवहार करना चाहिए?”

"कैसा क्या...? निश्चय ही किसी भी अन्य सम्मानित अतिथि जैसा। आखिर एक पुरानी कहानी को वर्तमान युग के परिवेश से जोड़ने का कोई कारण है ही नहीं।"

"मेरा श्रद्धा ...! केवल तुम ही अपनी सोच में इतनी सही हो सकती हो। जैसा कि तुम कहती हो, मैं भी ऐसा ही सोच रहा हूँ|“

एक बार फिर मनु ने हौले से उसके मस्तक को चूम लिया और शाम के अतिथियों के स्वागत के लिए कर्तव्यों की निगरानी करने त्वरित कदमों से कुटीर से बाहर निकल गए।

अध्याय 3

अतिथि

I

इरा के कारवाँ का मनाली में भव्य स्वागत किया गया।

मानवों के इस प्रथम ग्राम में मुख्य मार्गों पर फूलों की ख़ास सजावट की गई। मेहमानों की प्रसन्नता के लिए पूरे गाँव को हॉल (केंद्रीय स्थल) में इकट्ठा किया गया और उनके स्वागत की अनेक दिलचस्प रस्में निभाई गईं। सुगन्धित पुष्प मालाएँ और पुरुषों के लिए ही) माथे पर लाल चंदन का तिलक अर्पित कर अभ्यागतों का सत्कार किया गया। इस अचानक उपस्थित हुए उत्सव के-से माहौल को और उल्लासपूर्ण बना देने के लिए धूप और अगरबत्ती जलाई गई।

मनाली का यह सत्कार-उत्सव उनके अतिथियों को किसी भव्य आयोजन से कम न लगा था... क्योंकि जहाँ तक असुरों का सवाल था तो ऐसा कलापूर्ण प्रदर्शन उनके समाज में संभव ही नहीं था! कसेरुमान की कलाहीन और नृशंस आसुरी प्रवृत्तियाँ देखकर इरा उकता चुकी थी।

उसने देखा, यहाँ के लोग कितने सुन्दर और सभ्य थे - रंगीन कशीदाकारी युक्त धोती और दुकूल पहन कर वे सभी कितने भले लगते थे! सब सुंदर और सुरुचिपूर्ण ढंग से तैयार थे... महिलाओं और बच्चों ने आकर्षक केशसज्जा भी की थी और पुरुषों ने अलंकरण युक्त

सजीले साफे पहन रखे थे। सभी स्वस्थ, मुस्कुराते और मनमोहक लग रहे थे।

सारा मानव दल, विशेष रूप से मनुप्रिया कामायनी अतिथियों के आराम के लिए हर तरह से कटिबद्ध था। उन्होंने अपूप (शहद, दूध और बाजरे से बना एक प्रकार का पुआ या पैनकेक) ओदनम (दूध और चावल का पकवान), और स्थानीय फल-सब्जियों से तैयार किए गए विभिन्न व्यञ्जन अपने सम्मानित अतिथियों को परोसे।

शाम को भोजन के बाद गायन और नृत्य का एक मनोरञ्जक समारोह आयोजित किया गया।

अपने शान्त क्षेत्र में इरा के कारवाँ के आगमन को चिर-स्मरणीय बना देने के लिए उत्साही मानवों ने मधुर गीत-संगीत प्रस्तुत किया| उन्होंने मृदंग (ढोल), बांसुरी, और मोहन वीणा के सौहार्दपूर्ण स्वरों को सुरीली ताल में बजाते हुए स्वागत-नृत्य किया।

इरा और नादिया के करीब बैठी कामायनी सभी अनुष्ठानों और गीतों के महत्व उनको समझा रही थी जो उनके स्वागत के लिए प्रस्तुत किए जा रहे थे। उसने मानव संस्कृति के प्रत्येक पहलू में अतिथियों की रुचि को लगातार बनाए रखा, जिससे वे ऊब न जाएँ।

और इरा और नादिया? उनके लिए तो हर गीत, हर नृत्य और यहाँ तक कि उनकी साज-सज्जा का भी प्रभाव उतना ही मंत्रमुग्धकारी था जितना कि उन प्रस्तुतियों का अर्थ। सब कुछ इतना शानदार, सुरुचिपूर्ण, भव्य और प्यारा था मानो इस दुनिया का ही नहीं था!

कोई अलग ही धरती थी, कहीं दूसरा ही संसार था जिसमें वे आ पहुँचे थे!

खासकर इरा तो कुछ ज्यादा ही प्रभावित और खुश थी। वह रोमांचित हो रही थी और मचल रही थी... उसकी बेचैन आँखें रह रह कर उठ रही थीं... किन्तु मनु की केवल क्षणभंगुर झलक पा कर फिर विवश हो गिर रही थीं| उसके और मनु के बीच कामायनी जो बैठी थी|

आज की रात राजा मनु थे भी विशेष दर्शनीय - उनके मनोरम मस्तक पर लाल ब्रोकेड की सुन्दर पाग सजी थी जिसपर सोने का छोटा सा मुकुट जड़ा था| मुकुट से लटकती सफ़ेद मोतियों की एक बड़भागी लड़ उनकी स्वच्छ पेशानी पर झूल रही थी।

सुडौल, गौर शरीर पर सफेद परिधान... मुद्रा स्थिर और शान्त... मुख पर हल्की सी मुस्कान जो उनकी प्रजा के लिए साध्य थी... असुर-कन्या इरा के लिए मनु की छवि दुसाध्य हो रही थी| असाधारण सुन्दर और आकर्षक व्यक्तित्व वाले मनुष्यों के प्रथम राजा सूर्यपुत्र मनु वास्तव में बेहद स्पृहणीय और कमनीय पुरुष थे|

उनकी कमर में मजबूती से बंधे सुनहरे पटके में कसी तलवार निश्चेष्ट पड़ी हुई थी... इरा की चेतना वहीं जा बंधी... वैसे ही, बिल्कुल निश्चेष्ट!

II

रात गहरी हो चली थी।

दोनों विदेशी लड़कियाँ उत्सव के बाद अपने आरामदायक कक्ष में विश्राम कर रही थीं| दोनों बहुत खुश थीं। इतने महीनों के बाद ही सही, आखिर उन्होंने अपने अलावा एक नई सभ्यता ढूँढ ही ली थी! ऐसी, जो कि उन्हें बेहद अच्छी भी लगी थी।

दोनों समाजों के मध्य बहुत बड़ा अन्तर था - एक तरफ था मानवों का अनुशासित और सुन्दर समाज और दूसरी तरफ असुर थे इसके ठीक विपरीत - दंगई और देहाती!

मनाली के मनुष्य आत्म-संतुष्ट लोग थे जिन्हें जीवन की कीमत का एहसास भी था और जीने की कला का ज्ञान भी। वे जीवन के निर्द्वंद्व भक्त थे, सर्वशक्तिमान ईश्वर के आदेश स्वरुप सौंपी गई एक जिम्मेदारी मान कर उसका आदरपूर्वक निर्वहन करते थे| और यही दृष्टिकोण उनके हर काम में परिलक्षित होता था। उनके लिए जीवन किसी अनर्गल द्वंद्व के लिए रिंक में झोंक देने जितना तुच्छ नहीं था!

आखिर इतना भर कर सकने के लिए उद्दाम असुर क्रूरता की आवश्यकता थी ही कहाँ? क्यों असुरों को जीवन का आनंद लेने के लिए रुधिर की आवश्यकता थी? क्यों सुन्दर का सरल अर्थ उनकी समझ से बाहर था?

आखिर असुरों ने अपने जीवन को समझा क्या था – धुरी से दूर भटकता लक्ष्यहीन चक्र? जो किसी भी दिन, किसी से अकारण टकरा कर नष्ट हो जाने की प्रतीक्षा कर रहा था? ओह, कैसा व्यर्थ और निरर्थक आयोजन था|

मनाली के मानव मुट्ठी भर थे - जबकि असुरों की संख्या बहुत ज्यादा थी। किन्तु वे अपने जीवन को बिना कुछ सोचे-समझे गँवा देने के अलावा जानते ही क्या थे? उनके लिए जीवन का मतलब इच्छाओं, वासनाओं और शक्ति-प्रदर्शन की अनुचित सनक को हर हाल में पूरी करने के प्रण से परे कुछ भी नहीं था। असुर अपने विचारों और मान्यताओं में

पूरी तरह से आदिम थे - इरा और नादिया दोनों शायद पहली बार एक ही तरह से सोच रही थीं।

“नादिया! यहाँ सब कुछ कितना अलग है| ये लोग... ये सभी कितने सुंदर और खुश दिखते हैं! देखती हो न, इनमें असुरों के बेतुके अहंकार का चिन्ह तक नहीं है जो उन्हें खूंखार बनाता है... सभ्यता के अयोग्य! और यहाँ के लोग? ये हमसे बहुत अलग लगते हैं...”

“हम्म| कहती तो तुम ठीक ही हो...”

“...सच पूछो तो ये लोग एक समाज के रूप में रहते हैं – हम नहीं| हमारे यहाँ तो जैसे मरने और मारने के लिए ही जिया जाता है| जानती हो, यह...यह ऐसा कुछ है कि...! मैं हमेशा से किसी ऐसी ही जगह रहना चाहती थी|”

“बस भी करो इरा!”

“ऊँह, सुनो तो सही... मैं देखती हूँ कि मानव इतने अनुशासित और कर्तव्यपरायण हैं कि उन्हें शासन करने के लिए राजा की भी आवश्यकता नहीं है। और यही बात हम पर लागू होती है - लेकिन दूसरे अर्थों में। तुम्हें पता है, मैं अक्सर सोचती भी हूँ कि हमें राजा चाहिए ही क्यों... मेरा मतलब है कि हम शासित होने के बावजूद भी इतने उच्छृंखल, निरंकुश और अनगढ़ हैं? "

“बात तो तुम्हारी... मैं देख सकती हूँ कि किसी हद तक सही ही है। पर हो सकता न, कि हम ऐसे ही हैं और इसी प्रकार जीने के लिए बने हैं – अविजित असुर, जो हठी निर्भय और निरंकुश हैं! हमारे लिए तो ऐसे रहना मुश्किल है। ”

"वाह! मुश्किल है...! अच्छा सुनो, तुम्हें नानी याद हैं – तुम अब और भी उन्हीं के जैसी दिखने लगी हो," इरा ने शरारत से कहा, "नानी हमें ऐसे ही लोगों के बारे में बताया करती थी जो कम से कम हमारे कसेरुमान में तो कल्पना से बाहर की वस्तु थे। मुझे यकीन है कि वह मानवों के बारे में बताया करती थी। यहाँ तक कि मेरी माँ भी इसी तरह की किसी संस्कृति से जुड़ी थीं, उन्होंने ऐसा भी कहा था। मेरी माँ एक आर्य कन्या थी... नादिया, क्या यही वह पहचान हो सकती है जो मैं अपने जीवन में प्राप्त करना चाहती थी?"

"अ... ओह! मुझे कहना तो नहीं चाहिए, लेकिन तुम्हारी बात में कुछ तो है। यह गाँव एक बहुत ही... बड़ी ही अलग सी जगह है जहाँ हम आ पहुँचे हैं। जाने यहाँ जवाब अधिक मिलेंगे या सवाल?"

"क्या मतलब हुआ इसका?"

"देखो इरा, मैं मानती हूँ कि यह एक सपनों जैसी दुनिया है... यहाँ तक कि मुझे भी कुछ ऐसी कहानियाँ याद हैं जो मेरी दादी मुझे आर्यावर्त के लोगों के बारे में सुनाती थी जब मैं बहुत छोटी थी। उन्होंने मुझे बताया था, कि हमारे अपने पूर्वज भी कई साल पहले इन्हीं लोगों से किसी कारणवश अलग होकर कसेरुमान में आ बसे थे। पर इरा यह भी तो सच है कि हम अब इन्हें नहीं जानते हैं... मेरा मतलब निश्चित तौर पर नहीं कह सकते कि ये किस तरह रहते हैं..."

"क्या किस तरह? एक शांतिपूर्ण क्षेत्र के शांतिपूर्ण लोग हैं, और क्या! सिवा इसके... वे हैं भी मन मोहक!" कह कर इरा चुप हो गई।

"इरा...?" नादिया ने देखा और सन्देह से पुकारा।

"हम्म?"

"देखो, हमें एक या दो दिन में वापस चल देना चाहिए।"

"चल देना चाहिए? क्यों भला? अभी तो हमारे पास कम से कम और एक महीने का वक्त है..."

"हाँ... हमारे पास समय तो है। लेकिन यह किसे मालूम है कि अगर हम यहाँ बने रहे तो समय के पास हमारे लिए क्या हो सकता है!"

"ओ भगवान! मतलब क्या है इसका?"

"इरा, मेरी अच्छी इरा! देखो, मुझे पता है कि ये गाँव बड़ा ही जीवंत और बहुत प्यारा है। मुझे यह भी पता है कि तुम कैसा महसूस कर रही हो... इस अजीब जगह का मोहक आकर्षण मैं खुद भी महसूस कर पा रही हूँ। लेकिन डरती भी हूँ..."

"...डर? और तुम्हें, किससे?" राजकन्या हँसी|

"खुद से! यहाँ मैं और तुम... हम अपने आपको नहीं देख सकते, बस बहते जा रहे हैं एक अजनबी दिशा में पराये लोगों के साथ| क्या यह समझदारी है? मेरी मानो तो ऐसे क्षेत्र में आवश्यकता से अधिक तल्लीन न होना ही अच्छा है, जहाँ हमें रहना नहीं है। देखो, एक न एक दिन तो हमें जाना ही है... अपने लोगों के बीच लौटना ही है... तो चल क्यों न दें फिर? हमें वापसी की तैयारी कर लेनी चाहिए... इससे पहले कि हम और अधिक हीन भावना या पूर्वाग्रह से ग्रस्त होने लगें..."

"क्या कहा... हीन भावना? पूर्वाग्रह? कमाल हो न तुम... क्या कुछ सोच सकती हो!" वह उठी और यहाँ वहाँ कुछ खोजने लगी|

अपनी चहलकदमी से बातचीत की गंभीरता को बर्बाद करती हुई असुरकन्या बोली, "और अब जरा बताएँ कि आपने मेरा कैर... कमल कहाँ रख दिया है?"

"कमल? कौन सा कमल?"

"अरे वही जो मानव राजा ने मुझे दिया था... मैंने कहा नहीं था तुम्हें उसे पानी में डाल कर रखने को? सब कुछ तो यथावत दिख रहा है बस उसे यहाँ नहीं देख पा रही हूँ?"

"ऐं!" नादिया ने राजकुमारी के बचकाने, चिंतित हो उठे चेहरे पर अविश्वास की नजर डाली, सर हिलाया और फूल की खोज में जुट गई।

वह जान गई थी, मनाली में उनके कदम किसी बड़ी मुसीबत की ओर बढ़ चले थे।

III

अगली सुबह मनु को कुछ दिनों के लिए मनाली छोड़ना पड़ा।

एक स्थल पर चल रहे जल-नहर के निर्माण कार्य को लेकर अचानक गड़बड़ी पैदा हो गई। नदी से आती नहर प्रणाली को मानवों के खेतों तक पानी की आपूर्ति सुनिश्चित करने के लिए तैयार किया जा रहा था। पानी के निकटतम स्त्रोत से जो कि अर्जिकिया नदी थी, सूखे मौसम के दौरान नए बिछे हुए खेतों में सिंचाई के लिए जलापूर्ति की जाने वाली थी। लेकिन यह पाया गया कि पानी अपने प्रवाह के साथ मिट्टी के अवाञ्छित ढेर भी ले गया। इस मुश्किल का हल निकालने के लिए उन्हें डिसिल्टिंग, अर्थात् गाद निकालने के तरीकों के बारे में सोचना पड़ा।

इसके लिए मनु और पृथु को मार्गदर्शन और विस्तार से बातचीत करने के लिए कार्यस्थल पर सहसा बुला भेजना पड़ा।

संदेश प्राप्त करने पर हमारे बुद्धिमान महानायक मनु, पृथु और अपने कुछ अन्य सहयोगियों के साथ सवेरे तड़के ही चले गए।

इस बार मनु की अनुपस्तिथि कामायनी को तो खली ही, और भी किसी को विशेषकर परेशान करने वाली थी| असुरकन्या इरा को - जो दिल ही दिल में उनके मनाली लौटने तक उनका इंतजार करने का फैसला कर चुकी थी|

इरा को लगा था कि एक बार फिर उन्हें देखे बिना वह नहीं जा पाएगी। उसे नहीं पता था कि एक बार फिर उन्हें देख कर तो वह जा ही नहीं पाएगी!

आज्ञाकारी दामस सहित दल के अन्य सदस्यों को उसने नदी तट पर अपने शिविर में लौटने और इंतजार करने के लिए भेज दिया, जबकि वह स्वयं और नादिया अभी गाँव में ही रहने वाले थे।

इरा ने मनस्वी मानवों की इस अजनबी दुनिया को अधिक करीब से देखने की इच्छा व्यक्त की थी (उसने यही तर्क दिया था)| नादिया भी मनु की अनुपस्थिति देखते हुए आसानी से सहमत हो गई थी। 'यह उसके नासमझ हठ को उसके दिमाग से निकालने का अच्छा अवसर है... उसे न हो पर कम से कम मुझे पता है कि उसके मन में मनु के लिए क्या है| ऐसे में मानव-राज की प्यारी पत्नी कामायनी के करीब रहने से उसे सत्य का एहसास होगा,' नादिया दरअसल तो खुश ही थी।

अगले कुछ दिनों में दोनों लड़कियों ने मानव समुदाय को और करीब से देखा।

असुर कन्याओं ने मनुष्यों को अपनी कलात्मक समग्रता में जीते देखा। ऐसी खूबसूरती से वहन होती सामाजिक प्रणाली के सम्पर्क में वे पहले कभी नहीं आए थे।

इरा ने पुरुषों को अपने दूर तक फैले खेतों में कड़ी मेहनत करते देखा और स्त्रियों को अपने मवेशियों की देखभाल करते देखा। उसने देखा कि वे अपने मवेशियों के झुंड से इस प्रकार बात करती थीं जैसे कि वो उनके परिवार का ही हिस्सा हों! 'जबकि हमारे असुर साथी प्राणियों के साथ ऐसा व्यवहार करते हैं जैसे कि वे मवेशी हों,' उसने सोचा|

सवेरे जल्दी उठ कर (जो कि उसके लिए रोमांचक रूप से नया था) इरा ने मनाली के नागरिकों के साथ अर्जिकीया में प्रातः संध्यावंदन करना सीखा, और शाम को पुनः सुरम्य नदी के शान्त जल में तिरते-डूबते सुर्य का अभिवादन किया। उसने फल, अनाज और अन्य पकाए गए भोजन में आनन्द प्राप्त किया, और बड़े चाव से वही खाया जो अहिंसक लोगों के इस प्रेमी समुदाय ने अपने दुर्लभ मेहमानों के लिए प्रतिदिन तैयार किया।

इरा भी अब रंग-बिरंगी बुनी साड़ियों से प्रेम करने लगी जो मानव महिलाएँ पहनती थीं... यहां तक कि उसने एक बार खुद साड़ी पहनने की कोशिश की!

उसने एक दिन साड़ी बांधने की कोशिश की, मानव ललनाओं जैसी दिखने के लिए अपने बालों को एक ढीले जूड़े में घुमाकर बाँध लिया| कौन जानता था, कि उसका दिल सदा के लिए वहीँ रह जाने का अबोध सपना पोषित कर रहा था?

नादिया अपनी राजकुमारी के बालसुलभ मनोरञ्जन का अनुमोदन कर रही थी। मनु की अनुपस्थिति में भी रोज नए अनुभवों से आनन्दित

होती इरा की भोली खुशी देख कर वह उसके उत्साह को बढ़ा नहीं तो घटा भी नहीं रही थी... सहेली के वेष-भूषा बदलने की चेष्टा को भी उसने उस किशोर जिज्ञासा का अंश ही समझा जो कि कपड़ों और बालों को ले कर आम तौर पर लड़कियों में होती है।

तेज दिमाग वाली नादिया शायद दिल की अजीब, अत्यधिक चतुर कारगुजारियों से अनजान थी, जो निश्चित रूप से यहाँ कार्यरत थीं!

प्रीत के छद्म अनेक, बाँधे जुड़े न तोड़े टूटे

बूझ न सके हरेक! सखी री प्रीत के...!

अस्तु!

कामायनी और अन्य मानव महिलाएँ अपने सहज आकर्षण से आगन्तुकों का मन खींचे ले रही थीं| वे अपने अंतस्थल में कोई असीम परमानंद समेटे, सृष्टि के गहन गोपनीय सिद्धान्त को समझ पाने में असुर-कन्याओं से कहीं आगे थीं। उन्होंने इस नई मानव संस्कृति की उस सर्वोत्कृष्टता को समझने में उनकी मदद भी की, जिसकी धुरी सृष्टि-रचना में बसी सौन्दर्य की वास्तविक भावना पर केंद्रित थी।

असुर बालिकाएँ अंतर देख रही थीं - मनुवादी समाज के दृढ़ आदर्शों और कसेरुमान की अनैतिक अराजकता का!

यहाँ रहते एक सप्ताह से अधिक समय हो चला था, और इतने सारे नए-नए अनुभवों के बावजूद इरा खुश नहीं थी। एक गुमनाम सी बेचैनी कहीं उसके अन्तस् में गति पकड़ रही थी ...वह कुछ चाहती थी, कुछ ऐसा जो उसके मन में तो था लेकिन सामने नहीं था। बेचैनी से भरी छायाएँ उसके ऊपर से शांत दिखाई देते नेत्रों में खेलतीं, उसका हृदय

हर आहट पर चौंकता। पवन के सुगन्धित झोंके उसे कोई सन्देश देते... वह अनायास ही काँप उठती!

किसी का साथ चाहती - नादिया का नहीं| वह मनाली में रहना चाहती - किसी के साथ। किसके... मनु के?

वह अपने भीतर होती इस अकारण हलचल का अनुमान तो लगा पा रही थी, किन्तु उसे समझ या रोक नहीं सकती थी| इसी बीच एक शाम नादिया ने आखिरकार इरा को गाँव छोड़ने के लिए मनाने का फैसला किया।

"इरा," उसने कहा, "मुझे लगता है कि अब हमने इस लम्बी चौड़ी दुनिया को अच्छी तरह से देख लिया है। और हमने बहुत ही अच्छे मानवों के एक समुदाय को भी देख लिया है। अब लौटने का क्या? तुम्हें अपने पिता से किया वादा याद है न... हमें अपने सफर की तैयारी शुरू करनी ही चाहिए।"

"हम्म? हाँ... पर अभी से? अभी से इसके बारे में बात करने की क्या जरूरत है? भला सोचो, अभी कुछ ही दिन तो हुए हैं हमें आए... तो मैं सोचती हूँ प्यारी नादिया कि हम कुछ दिन और यहाँ बिता सकते हैं। बोलो तो, क्यों तुम हमेशा बस एक यही बात याद दिलाती रहती हो? कुछ और नहीं सोच सकती..." राजकुमारी ने बड़े ही नाटकीय ढंग से नादिया की गर्दन को अपनी नाज़ुक बाँहों में घेरते हुए कहा|

नादिया ने इरा के मुस्कुराते हुए सुन्दर चेहरे की ओर देखा - उसने अपनी नीली आँखें नचाई और लम्बी पलकें हिलाईं... हार कर नादिया ने धीरे से घेरा हटा दिया और राजकुमारी के हाथों को चूम लिया,

"अच्छा ठीक है। हम अभी वापस जाने के बारे में बात नहीं करेंगे।"

"ओ सच में तुम कितनी अच्छी हो... पर हो थोड़ी नकचढ़ी! ऐसी...ऐसी और ऐसी..," उसने मुँह बनाया और नाक चढ़ाई!

“हटो भी!”

“जानती हो नादिया, हमारे लिए संसार की बेहतर जगहों को इतने करीब से देखने का यह एकमात्र अवसर है। ज़रा सोचो तो,

ये हम कहाँ आ उतरे हैं...

उस धरती पर

जहाँ लाल, हरे और सुनहरे फूल बिखरे हैं,

हँसती किरण से रूप लेकर रंग निखरे हैं...

और

गाती हवाओं में कोई खुशबु धुली है,

हर लहर के शोर में चुप्पी घुली है...

क्या तुम्हें... तुम्हें ऐसा नहीं लगता जैसे हम स्वर्ग में हों?” राजकन्या ने झूमते हुए कहा|

"तुम इस तरह से कहती हो तो जरूर लगता है... सच, तुम सही भी हो! मैं खुद भी मान रही हूँ कि यह हमारे अब तक के जीवन का सबसे यादगार अनुभव रहेगा।"

"अहा! सच न, और मुझे तो लगता है कि अभी हमें जानने के लिए बहुत कुछ है। उनके बारे में समझने, या यूं कहो कि उनसे सीखने के लिए और भी कुछ है... यहाँ के अजूबे अभी ख़त्म नहीं हुए हैं!"

"हाँ। सच तो है। लेकिन इरा मेरी प्यारी, क्या तुम्हें इसका भी एहसास है कि हम बिन बुलाये मेहमानों की तरह इतने लंबे समय से यहाँ रह रहे हैं| यह हमारे मेजबानों के लिए असुविधाजनक भी तो हो सकता है! भले ही वे हमसे न कहें पर हमें तो ध्यान रखना चाहिए...,"

नादिया इरा को किसी प्रकार वापस लौटने के लिए मनाने की कोशिश कर रही थी| किसी विशेष कारण से वह मनु के लौटने से पहले वहाँ से निकल जाना चाहती थी|

"...तुम चाहो तो हम नदी किनारे के अपने शिविर में जितना चाहे उतना रह सकते हैं| और इस तरह बिना उन्हें ख़ास परेशान किए भी उनके करीब ही रह सकेंगे - आखिर तो वह मनाली का ही बाहरी इलाका है!" उसने समझदारी से सुझाव दिया|

"नहीं! मैं नहीं जा सकती... नहीं जाऊँगी!" इरा ने बच्चों की सी जिद करते हुए पाँव पटके।

"नहीं जा सकती? या नहीं जाओगी?" नादिया ने संजीदगी से पूछा| उसकी छोटी छोटी आँखें सतर्कता से इरा के चेहरे को तलाशने लगीं।

"तुम न नादिया... तुमसे बात करना ही बेकार है! केवल यह देखने के लिए कि मैं... उफ! भगवान जाने तुम ऐसी क्यों हो..." असुर राजकन्या की क्रोधित वाग्धारा कामायनी के भेजे एक संदेश के आने से शान्त हुई|

कामायनी ने कहला भेजा था कि मानवराज मनु मनाली वापस आ पहुँचे थे और इसीलिए मेहमानों को शाम की दावत में शामिल होने के लिए आमंत्रित किया गया था| इस भोज का आयोजन उनके राजा की

वापसी की खुशी में हर बार होता था, जब भी मनु गाँव से बाहर जाया करते थे।

IV

मनु ने मेहमानों का समुचित सत्कार किया| उन्हें कहाँ खबर थी कि उनमें से एक पर उनके व्यक्तित्व ने कैसा जादू भरा असर किया है!

उन्होंने उत्तम, आदरपूर्ण तरीके से उनके साथ बातचीत की और अपने ग्राम मनाली में उनकी सुख-सुविधाओं का समाचार जाना।

रात्रि का भोज समाप्त हो चुका था।

मानव-प्रमुखों का दल जिन मामलों को सुलझाने के लिए बाहर गया था उन पर विस्तृत चर्चा के बाद सभा को विसर्जित किया गया। यह तय किया गया कि डिसिल्टिंग के लिए अलग टैंकों को खोदा जाना होगा और उनमें नदी के पानी को खेतों में ले जाने से पहले जमा करके रखा जाएगा, ताकि फसलों को नुक्सान न पहुँच सके| और भी अनेक पहलुओं पर चिंतन चला और कई बुद्धिमत्तापूर्ण निष्कर्ष निकले गए|

इरा और नादिया ने चर्चाओं के दौरान वहीं मौजूद रहने का विकल्प चुना क्योंकि वे मानवों द्वारा खोजी गई वैज्ञानिक जलापूर्ति प्रणाली के अध्ययन के लिए उत्सुक थीं। हाँ, इरा के पास बेशक एक व्यक्तिगत कारण भी था।

अंत में मनु उठे और पहाड़ी पर बनी अपनी छोटी सी कुटीर तक चलने के लिए तत्पर हुए| हाथ में कामायनी का हाथ सम्भाले, हलके किन्तु

दृढ़ क़दमों से पर्वत की ऊँचाई की ओर पाँव रखते हुए मानवों के प्रथम नरेश अपनी चाल में भी असाधारण रूप से आकर्षक थे!

युगल दम्पति निर्विवाद रूप से हर तरह से राजसी था| दोनों थे भी एक दूसरे के पूरक - स्वस्थ, सुन्दर, और युवा - मानो एक दूसरे के लिए ही बने हों। यद्यपि उन्होंने कभी अपनी पारस्परिक भावनाओं या अपने प्रेम का सार्वजानिक प्रदर्शन नहीं किया था, फिर भी दोनों पूरी तरह से प्यार में दीख पड़ते थे - एक दूसरे को पूर्ण समर्पित। उन्हें एक नज़र देख लेने पर यह स्पष्ट हो जाता था|

मनु लंबे अंतराल के बाद घर लौटे थे और आज वह अपनी अनुपस्थिति की क्षतिपूर्ति करना चाहते थे। घर की देहरी तक आकर उन्होंने रुक कर पत्नी से कहा,

“ऊँह... अभी नहीं श्रद्धा। अंदर जाने को जी नहीं चाहता। आज रात की बयार बहुत ही सुखद है। देखो न... पूर्ण चन्द्रमा हमारे आकाश को रोशन करने के लिए कितनी निकट आ उतरा है...! इसे धरती के इस स्वर्ग से मोह हो गया लगता है? आज... आज की बात ही कुछ और है - चाँदनी का ऐसा अजस्र प्रवाह बहुत दिनों के बाद बिखरा है... तो क्यों न आज की रात इस अमृत-धारा में भीग लें। तुम्हारे साथ?"

मनुप्रिया पति की आँखों में देख कर हौले से मुस्कुरा दी। आज बहुत काल पश्चात् एस समय आया था...

दोनों पृथ्वी पर जीवन के उल्लास को देख मुस्कुराती चाँदनी में, तारों की छिटकी हुई चाँदी तले खुले आकाश के नीचे बैठ गए।

यही तो स्वर्ग था... प्रेम, विश्वास और जीवन के प्रति मनुष्य के सम्मान से सजा स्वर्ग, जहाँ आ कर अभिलाषाएँ स्वयं मौन हो जाती थीं!

V

आज की रात इरा के बारे में क्या कहा जाए, वह कहीं थी ही नहीं! कुछ और ही हो गई थी, खुद से बहुत दूर हो गई थी - न वह नादिया की सहेली थी, न असुरकन्या और न ही...!

उसका मस्तिष्क सुन्न था और हृदय अचेत| जैसे होश में ही न थी... उस एक व्यक्ति - मानवराज मनु के इर्द गिर्द घूमती असुरकुमारी इरा की चेतना ने उसका साथ छोड़ दिया था - मनु के सान्निध्य के लिए निरंतर बढ़ती उसकी तड़प को आखिर यही तो हासिल था!

सूर्यपुत्र मानवराज मनु को इरा ने कुछ दिनों के अंतराल के बाद आज रात देखा था| और आज रात ही वह अपनी लालसा की तीव्रता को महसूस कर सकी थी|

उनका आकर्षण पहले से कई गुना बढ़ा था... उनकी लाल पाग ने उसका मन रंग दिया, उनकी सोने की कलगी उसके हृदय को बेध गई, उनके माथे पर झूलती मोती की लड़ से उसका समग्र अस्तित्व झूल गया! आह... सृष्टि भर के सौंदर्य को क्या यही एक पुरुष मिला था?

भरसक प्रयास के बावजूद आज इरा की नजरें हटने को तैयार नहीं थीं| भीड़ इकट्ठी थी, हुआ करे! कामायनी और नादिया क्या सोचेंगी, सोचती रहें! जो हो... कसेरुमान की राजकुमारी के लिए आज कोई

बन्धन नहीं था| उसकी बेलगाम आँखें आज अपने केन्द्र से हटने को किसी प्रकार प्रस्तुत नहीं थीं।

और मनु?

उन्होंने उसकी तरफ देखा तक नहीं। उनकी बेपरवाही ने उसके जलते विरह को और अधिक आहत कर दिया - आखिर क्या हो गया था इरा को?

VI

उस रात मनाली में अपने अतिथि-निवास पर बैठी इरा स्वयं से संघर्षरत थी| कुछ भी न समझ पाते हुए वह लगभग शून्य में ही अटकी थी जब नादिया ने आकर कुछ कहने की कोशिश की,

"अगर तुम मुझे बता सकती तो मैं ही कुछ करती, क्योंकि तुम खुद तो इस हाल में लग नहीं रही कि अपनी परेशानी का हल ढूँढ सको| तो क्यों न मुझे बता दो..."

"हाँ! क्योंकि तुम तो सब कुछ कर सकती हो... और ऐसा क्या है जो तुम्हें नहीं पता, क्यों?"

नादिया मूर्ख नहीं थी – वह असुर राजकन्या की बहुत समझदार संगिनी थी| उसने स्वर नीचे करके जवाब दिया,

“नहीं। मैं ऐसा कुछ नहीं जानती जो तुम न बताना चाहो।"

उसकी नरमाई ने इरा के स्वर की तल्खी को कम किया,

"मैं... मेरा ये मतलब नहीं है। मुझे... मुझे जरा घूम आना चाहिए|”

नादिया के कुछ बोलने से पहले वह कक्ष से बाहर चली गई।

मनाली की ऊँची चट्टानों पर बनी पगडंडियों पर इरा अपने विचारों में खोई चली जा रही थी। उसके दिल में चुभन थी और दिमाग खाली था। उसके भीतर अनियंत्रित भावनाओं का एक दुर्दमनीय संघर्ष छिड़ा था... और बाहर आ चले आए थे अगणित आँसू!

इरा लड़ रही थी, अपने अंतस्थल के तूफ़ान पर अंकुश लगाने की कोशिश कर रही थी जब थोड़ी दूर कुछ ऊँचाई पर उसने एक समतल चट्टान पर बने लघु-कुटीर को देखा। यह एक दम्पत्ति का घर था, एक प्रेमी युग्म का जो इस समय एक दूसरे के साथ में पूर्णतः मग्न, सुखी और संतृप्त खड़े थे - हताश दिलों की पीड़ाओं से अनजान, वेदना से बेखबर।

मनाली में उस रात पूर्णिमा ने अन्धेरे को अपनी सफेद रोशनी में जी भर भिगोया था| इतना कि इरा ने दूर से भी साफ़-स्पष्ट देखा...

उसने मनु की लम्बी सबल भुजाओं में घिरी कामायनी को देखा, उनकी उंगलियाँ उसकी ठुड्डी को थामे थीं और उनके अधर मिल रहे थे|

इरा खड़ी रही - स्थिर, अवाक्, निश्चेष्ट!

अध्याय 4

इरा

I

अर्जिकिया के रुपहले तट पर अपनी छोटी सी छावनी में इरा और नादिया लौट आईं थीं| सभी कुछ वही था, दृश्य उतने ही सुहावने थे और नदी का कल-निनाद वैसा ही मनोरम... लेकिन मनाली से वापसी के बाद असुरकन्या बदल गई थी। वह बहुत शांत हो गई थी।

अभी तीन दिन हो रहे थे और वह न जाने किस दुनिया में डोल रही थी। नादिया कुछ कुछ समझ रही थी, किन्तु पूछती नहीं थी - इस बार जल्दबाजी नहीं करना चाहती थी। उसकी बारीक दृष्टि बेशक राजकुमारी को देख और परख रही थी और उसकी तीव्र बुद्धि जान चुकी थी कि मानवराज मनु उसकी सखी को किसी प्रकार परेशान किए जा रहे थे, किन्तु अभी वह चुप थी|

नादिया इंतजार कर रही थी कि इस बारे में इरा स्वयं उससे बात करे| या अगर नहीं करे तो कम से कम खुद स्वयं को सम्हाल ले| उसने जानबूझ कर इस विषय पर ध्यान देने में देरी की थी क्योंकि वह यह भी जानती थी कि अगर उसने हठ करके पूछा, तो जिद की पक्की इरा कुछ कर ही गुजरेगी...

लेकिन अब बहुत समय हो चुका था और इरा गहरे तनाव में थी, भावों के भयंकर तूफ़ान में घिर रही थी| अब सब कुछ जानने का समय आ

गया था| उसे इरा से बात करनी ही थी, क्या था जो उसके सरल हृदय को मथ रहा था - प्रेम, आकर्षण या फिर लालसा?

“अब तुम्हें इस फूल... कैरव या कमल जो भी इसे कहते हैं, इसे फेंक देना होगा इरा| देखो न, यह बेकार हो चुका है - बासी और गंधहीन..." एक दिन नादिया ने कहा।

"कैरव? अ... हाँ| ओह नहीं। इसे नहीं फेंक सकती... मुझे यही पसंद है, लाओ मुझे दो इसे...” इरा जैसे जगी|

“मगर सुनो तो, तुम्हें यह इतना पसंद है तो मैं दामस से कह कर नए मंगा देती हूँ...नदी के उस पार ढेर लगा है इन फूलों का...”

"होगा| लेकिन मुझे यही चाहिए..."

“इरा! ओह इरा! यह अच्छा नहीं है... बिल्कुल भी अच्छा नहीं है। तुम समझ रही हो?”

इरा ने नज़र उठा कर सहेली की आँखों में देखा, उसकी नर्म दृष्टि करुणा से ओत-प्रोत थी| नादिया ने नीली नीली आँखों की नमी को देखा... और देखा कि उसके भोले, मासूम चेहरे पर गहरी उदासी की छाप थी, उसके होंठ काँप रहे थे, शायद बोलने या न बोलने की दुविधा से ग्रस्त...

नादिया धीरे से चल कर इरा के पास आ बैठी और अपनी स्थिर हथेलियों में उसके सुंदर गोल चेहरे को घेर कर बोली, "मुझे देखो, ईरा। मैं तुम्हारे लिए ही यहाँ आई हूँ। मुझे सब बता दो... सब कह दो मेरी रानी! मैं जानती हूँ कि तुम्हारे भीतर क्या चल रहा है, क्या है जो तुम्हें सता रहा है... पर एक बार तुम खुद कह दो... बाहर निकालो

जो तुम्हारे अन्दर चल रहा है! सुनो न, तुम इतना नहीं सम्भाल सकती... बोलो मेरी प्यारी राजकुमारी!"

"..."

"इधर देखो इरा, मुझे पता है कि तुम कहाँ हो... तुम्हारी नज़र कहाँ है| मुझे पता है कि यही कैरव तुम्हारे लिए क्यों ख़ास है। फिर भी बोलो न... मेरी प्यारी राजकुमारी! क्या तुम नहीं जानती कि मैं तुम्हारी मदद करुँगी... हर हाल में करुँगी? मुझ पर, अपनी नादिया पर विश्वास करो। करोगी न?"

अब बेकल राजकुमारी रोने लगी। उसने अपना चेहरा नादिया की बाँहों में छुपा लिया और सुबकने लगी, मानो अपने दिल का सारा बोझ उसके चौड़े कन्धों पर डाल कर निश्चिन्त होना चाहती हो| बिना विरोध का एक शब्द भी बोले नादिया ने उस उत्तरदायित्व को स्वीकार किया|

थोड़ी देर बाद दोनों लड़कियाँ स्थिर हो कर बैठ गईं। भावावेग उतर जाने से इरा शान्त हो गई थी और उसने आखिर खुद को संतुलित कर लिया|

"नादिया," राजकुमारी ने कहा, "मैं... मैं खुद अपने लिए एक अजनबी बन बैठी हूँ... ऐसी कोई, कि जिसे तुम भी नहीं पहचानती होगी!"

"ऐसा नहीं कहते राजकुमारी, मैं तुम्हें जानती हूँ!"

"तुम कुछ नहीं जानती... तुमने कुछ नहीं देखा! मैं... अगर मैं तुमसे कहूँ... अगर मैं अपनी इच्छा कह दूँ तो तुम्हें दिखाने के लिए मुँह कहाँ से लाऊँगी..."

"ना रानी! तुम्हें कभी भी ऐसा नहीं कहना है," नादिया धीरे से उसके गालों से फिर बह चले आँसू पोंछ रही थी।

"...नहीं है, पर जब... नादिया! मैं चाहती थी कि... मैं... अह! नहीं कह सकती!"

"राजकुमारी आप मुझे कुछ भी ऐसा नहीं बता सकती जो मैं नहीं जानती। विश्वास करो राजकुमारी, मुझे सब पता है। और मैं तुम्हें खुद तुमसे भी ज्यादा जानती हूँ। तो अब मुझे बताओ..."

"नादिया! उस रात मैं वहाँ होना चाहती थी जब मैंने उसे कामायनी के इतने करीब देखा था!" इरा ने आँखें बंद करके कह दिया!

आँसुओं के तार उसके चेहरे पर दौड़ते रहे, "क्या तुम विश्वास करोगी नादिया कि मुझे कैसा लगा? मुझे लगा कि वहाँ कामायनी के बजाय मुझे होना चाहिए था... हाँ मैं! उनके करीब मैं, उनके सीने पर झुके मेरे नयन, उनकी बाहों में घिरी मेरी काया, उनकी उँगलियों में मेरा चेहरा... और, और मेरे होंठों से लगे उनके अधर..." उसकी आवाज उसके कण्ठ में घुट गई|

अपनी सखी के दिल में जगी इच्छा की गहराई जान नादिया चौंक उठी। जो कुछ भी उसने समझा या सोचा था, वो इस सीमा तक नहीं था| मानवराज के प्रति इरा को मोह था... किन्तु यह तो केवल मोह नहीं था? मनु का आकर्षण इरा के हृदय की परिधि से परे हो गया था... मोह एक उत्कट लालसा में परिणित हो गया था - अग्नि की लपट जैसी दाहक और उत्कट लालसा! ऐसे में यदि उसे न सम्भाला गया तो वह क्या कुछ नहीं जला डालती?

बात यदि और न होती तो वह अवश्य ही मनाली, मानवों और मनु के बारे में सब कुछ भूल जाने की सलाह देती। लेकिन अब जब राजकन्या के दिल की हालत साफ़ दिखाई दे रही थीं तो नादिया समझ पा रही थी कि बात कितनी गंभीर थी... उसे अभी कुछ करना होगा, कुछ तो करना ही होगा...

जरा देर सोचकर उसने इरा से पूछा,

"इरा, क्या बात इतनी ही गंभीर है?"

"क्या जाने... लेकिन मैं आर्य मनु के सिवा मैं कुछ और सोच नहीं सकती..."

"हम्म।"

"मुझे लगता है नादिया, या... दरअसल मुझे पता है। मैं उनके बिना जी ही नहीं सकती - तुमसे सच कहती हूँ... हो सकता है कि मैं खुद को बर्बाद कर लूँ, या फिर मैं यहाँ आई इसलिए थी कि बर्बाद हो जाऊं..."

"....तुम!"

"हाँ... देखो न, मैं इस जगह को छोड़ नहीं सकती और यहाँ रह भी नहीं सकती| आगे क्या होगा पता नहीं... पीछे क्या है, परवाह नहीं...! है न कितना निराशाजनक, लेकिन है ऐसा ही।"

"इरा..."

"सुनो न नादिया मेरी प्यारी, मैं जानती हूँ तुम क्या पूछ रही हो| पर मैं अपनी इस उलझन भरे जंजाल में खुश भी हूँ? सुनती हो? मैं उनसे प्रेम कर खुश तो हूँ..."

"तो क्या तुम विवाह करोगी?"

"विवाह? ...किससे?"

“आर्य मनु से और किससे - तुम उनसे विवाह भी तो कर सकती हो?”

"मैं... क्या सच में?"

"हाँ, क्यों नहीं? सभी असुर कन्याओं की तरह तुम भी अपना खुद का वर चुनने के लिए स्वतन्त्र हो| फिर चाहे वो समुदाय से हो या बाहर से - और हमारे रीति-रिवाजों के अनुसार तुम्हें विवाह करने के लिए किसी की अनुमति की आवश्यकता भी नहीं है। सोचो, मुश्किल नहीं है... तुम दोनों को एक माला का परस्पर आदान-प्रदान करना है... और बस हो जाएगी शादी| किन्तु आर्य मनु विवाहित हैं| तो फिर सोच कर बताओ, क्या फिर भी तुम उन्हीं से विवाह करोगी?” नादिया बहुत तेजी से सोच रही थी।

"हाँ लेकिन... वो अपनी पत्नी से बहुत प्रेम करते हैं?"

"तो क्या, पुरुष कभी कभी दो या तीन विवाह भी कर लिया करते हैं... हाँ बशर्ते तुम कामायनी के साथ रहने को सहर्ष स्वीकार करो तो..."

"हाँ... हाँ। लेकिन मैं... क्या ऐसा सच में हो सकता है?"

अपने सपनों के पुरुष से विवाह करने की सम्भावना मात्र ने इरा को शून्य कर दिया! ‘आर्य मनु उसके पति होंगे’ - इस विचार के रोमांच ने उसकी संवेदनाओं को चरम पर ला कर इन्द्रियों को अचेत कर दिया...

असुर-राजकन्या को सचेत होने में समय लगा| और जब वह जगी तो उसकी चंचलता भी मानो पुनर्जीवित हो उठी... यह कैसा परमानंद था –जो कि काल्पनिक तो था, किन्तु था प्रभावमय।

किन्तु फिर एक के बाद एक विचार आने लगे - यदि उसके पिता, मनु या शायद कामायनी ने प्रस्ताव को स्वीकार नहीं किया तो? उसकी भावनाएँ फिर मिश्रित आशंकाओं से भर उठी - हर्ष, अविश्वास, डर, चिंता, आवेग और उत्साह –किसी अनगढ़ बालिका की भांति,

"सच में नादिया! क्या मैं...अ वास्तव में मैं उनसे विवाह कर सकती हूँ?"

"हाँ क्यों नहीं - यदि तुम चाहो तो।"

"और पिताजी? उनका क्या? वो क्या कहेंगे?"

"कुछ नहीं। तुमसे पहले भी कई असुर राजकुमारियों ने अपनी मर्जी से शादी की थी... तुम कुछ नया तो नहीं करोगी। और यों भी हमारे महान राजा शम्बरासुर बहुत समझदार हैं और मुझे यकीन है कि वह समझ जाएंगे।"

"और कामायनी? और आर्य मनु? क्या वे सहमत होंगे? क्या वे मुझे पसंद भी करते हैं?"

इस विचार ने उस परमानंद के आवेग को रोक लिया जो इरा के हृदय में जाग उठा था। आशंका ने उसे एक बार फिर से हताश कर दिया और उसकी प्रसन्न चंचलता को गंभीर चिंता में बदल दिया।

हालाँकि नादिया के अनुसार 'जो तुम्हें एक बार देख ले वो प्रेम कैसे न करेगा', इरा का मन कहीं गहरा डूब गया|

II

अगले दिन मनु को कसेरूमान शिविर से एक संदेश मिला।

दामस ने मानव राज को किसी व्यक्तिगत विचार-विमर्श के लिए अपने मंडप में आने का निमंत्रण दिया था| उन्हें अकेले बुलाया गया था, बिना किसी सचिव या सलाहकार के|

यह निमंत्रण असामान्य नहीं था क्योंकि मानव समाज सभ्यता का अग्रदूत समुदाय था। उन्होंने अन्य समुदायों के साथ किसी भी तरह के सांस्कृतिक और / या पारंपरिक आदान-प्रदान के लिए एक खुलापन भी दिखाया था|

शायद यही मामला हो, मनु और कामायनी ने सोचा था। तो उस मनोहर वासन्ती संध्या को सूर्यपुत्र मानव-राज मनु अर्जिकीया के निचले तट पर अतिथि-शिविर में अकेले चले गए।

III

मनु लगभग तुरंत ही वापस आ गए।

किन्तु उनकी चाल स्वाभाविक नहीं थी| कदम हल्के नहीं पड़ रहे थे, जैसे किसी बोझ से दबे हों| आखिर कुछ तो था जो उन्हें परेशान कर रहा था। लेकिन क्या?

सूर्यपुत्र मनु को अभी तक विश्वास नहीं हो पाया था... उन्हें अभी तक यकीन नहीं हुआ था जो कुछ उन्होंने सुना था! अभी कुछ समय पहले अर्जिकीया के तट पर बने कसेरुमान शिविर मैं उन्हें

जो प्रस्तावित किया गया था, वह उनके लिए न केवल अप्रत्याशित बल्कि असंभव भी था!

मन ही मन निषेधात्मक भाव से अपना विरोध जताते हुए मनु ने बार बार अपना सिर हिलाया|

अंततः अपने असुलझे विचारों को मानो परे हटाने के प्रयास में उन्होंने हाथ हिलाया... कामायनी कौतूहल से उन्हें देख रही थी| हमेशा की तरह वह द्वार पर खड़ी उनकी प्रतीक्षा कर रही थी - और जब वे लौटे तो उनकी असामान्य भंगिमा ने उसे कुछ उत्सुक, कुछ चिंतित भी किया|

मनु कुटीर में आए और नेत्र झुका कर बैठ गए। मानो जैसे अपने विचारों को व्यवस्थित कर रहे हों, उन्हें अपनी पत्नी की ओर देखने में कुछ समय लगा। फिर अपने शब्दों को ध्यानपूर्वक चुनते हुए उन्होंने धीमे स्वर में कहा –

“विशेष तो नहीं... किन्तु विचित्र अवश्य है।“

“क्या विचित्र है आर्यपुत्र?”

“अ हाँ... प्रकट तौर पर भी अजीबोगरीब है। उसने जो कहा वह सच भी है?”

"क्या हुआ आर्यपुत्र?"

"कामायनी, मैं नहीं जानता कि क्या कहूँ, या कहूँ भी या नहीं।"

“तो जाने दीजिए... तभी बताइएगा जब आप चाहें| और न चाहें तो ना बताइए...”

वह उठी और जलपान लाने के लिए तत्पर हो गई, क्योंकि शाम ढलने ही चली थी।

किन्तु मनु ने आगे बढ़ कर उसे रोक लिया। वे थोड़ा करीब आए और रुक गए।

फिर जैसे कि अपने शब्दों को बोलने से पहले देख-परख लेने की चेष्टा में उन्होंने आँखें बंद कीं और कहा,

“वह... कसेरुमान की राजकुमारी मुझसे विवाह करना चाहती है। उसकी सहेली ने ऐसा कहा। और यही कारण है जो उन्होंने आज मुझे बुलाया था। वह... उसका कहना है कि असुरकन्या... इरा, वह मुझसे प्रेम करती है?"

पत्नी ने अपनी चढ़ी हुई भृकुटी ढीली की और जोर से हँस पड़ी!

कामायनी हँसी और पति की शर्मीली आँखों में झाँकते हुए प्यार से बोली, “क्यों न हो! इसमें गलत भी क्या है... ऐसा धरती पर कौन है जो मेरे स्वामी से प्यार नहीं करेगा...! आप हैं भी तो ऐसे! वह बेचारी क्या, कोई भी लड़की आपको देख कर हृदय समर्पित ही करेगी”, उसने मनु की घबराहट का आनंद लेते हुए शरारत से कहा|

मनु अब उसकी हँसी का सामना करने के लिए संघर्ष कर रहे थे - उनकी निगाह इधर उधर त्राण के लिए भटकने लगी!

"हम्म... तो फिर आपने उसके प्रश्न का क्या जवाब दिया?" कामायनी उनके भोलेपन पर ठिठोली कर रही थी, "हाँ, यदि आप मुझसे हाँ कहने के लिए मेरी अनुमति माँगने आए हैं, तो... मैं उसे स्वीकार कर लूँगी - किन्तु कुछ शर्तों के साथ जो मैं...”

इससे पहले कि वह आगे कुछ कह पाती, मनु की हथेली ने उसका मुख ढक लिया,

"क्या यह उचित है कि तुम मुझे उस अपराध के लिए प्रताड़ित करो, जो मैंने नहीं किया है?"

कामायनी के उत्तर देने के पूर्व ही उन्होंने अपनी सुदीर्घ भुजाओं में उसे घेर कर स्थिर-मुग्ध कर दिया| फिर अपनी मुस्कुराती पत्नी की लम्बी पलकों को हौले से चूमते हुए धीरे से कहा, "श्राद्धदेव मनु केवल अपनी श्रद्धा से प्रेम करना जानता है और किसी से नहीं।"

अध्याय 5

उलझन

I

उसे देखने भर से नादिया का हृदय दो टूक हो जाता था।

इरा अब कसेरुमान की लाड़ली गर्वीली राजकुमारी इरा नहीं रही थी – यह तो कोई जीवन से निराश, टूटी और असंयत मुसाफिर जान पड़ती थी जिसे न तो लक्ष्य का पता था न राह का| उसकी आँखें अपनी चमक खो चुकी थीं... मुख पर गहरी उदासी की छाया थी... उसके सुनहरे बाल अनजान अंधेरों की परिधि में अकेले संघर्ष करते खुद से उलझते रहते... उसके कदम बिना संभले चलते जाते... आखिर कहाँ रह गई थी नादिया की वो जिद्दी राजकुमारी?

मुश्किल यह थी कि उसे अपने अकेलेपन से बाहर भी नहीं लाया जा सकता था - क्योंकि वह घण्टों तक कुछ भी नहीं बोलती थी। और जब बहुत प्रयास के बाद बोलती, तो भी हाँ, हूँ, ना ...बस, इतना भर!

राजकुमारी अक्सर अपने शिविर से बाहर निकलती, मगर किसी को - यहाँ तक कि नादिया को भी अपने साथ आने से रोक देती| वह बस चल देती, और चलती जाती...कहाँ? कौन जाने कहाँ।

नादिया के लिए छुप छुप कर इरा का अनुसरण करना कठिन हो रहा था| अपनी इस कोशिश में उसे निरन्तर बढ़ती कठिनाइयों का सामना

करना पड़ रहा था - पर वह इरा को इस हालत में नजर से ओझल नहीं होने दे सकती थी| वह दुर्गम चट्टानों पर उसे चलते देखती, तो उसके आँसू बह निकलते| नादिया खुद को न रोक पाती और उसके पास पहुँच जाती... उसके गोरे हाथ अपनी हथेलियों में थाम कर भीगे स्वर में सांत्वना देने की कोशिश करती जो कि नादिया के स्वभाव के बिल्कुल विपरीत था!

इरा ने मनाली छोड़ कर जाने से स्पष्ट इनकार कर दिया था।

कारवाँ दल के किसी सदस्य को बेशक इस निर्णय का कोई कारण समझ में नहीं आया था, किन्तु निर्णय राजकुमारी का था|

अब जब उनकी घर वापसी का समय निकट आ रहा था, तो आखिरकार नादिया ने वास्तविकता का अनुमान लगाया| उसने देखा कि वहाँ इसी प्रकार बने रहना निरर्थक और मूर्खतापूर्ण था... एक ऐसी उम्मीद में बैठे रहना जो कभी पूरा न होगी - यह कहाँ की समझदारी थी?

लेकिन यहाँ बात हृदय की थी! दिल के मामले तर्क, अर्थ और समझ से परे होते हैं... नादिया क्या समझती भला?

II

मनाली की एक और रमणीय संध्या थी।

वासन्ती पवन की मस्त लहरों ने घाटी के प्रत्येक पथ पर सद्यः प्रसूत कमलों की खुशबू बिखेर दी थी। जीवन के विविध वर्ण सुन्दरता से बिखर रहे थे, अर्जिकीया के चारों ओर की सुरम्य वादी धीरे-धीरे अस्ताचल-गामी सूर्य की नर्म रोशनी में डूब रही थी।

इरा फिर बिना बताए चली गई थी - स्वयं उसे भी नहीं मालूम था कि वह कहाँ जा रही है। वह बस चली जा रही थी... दिशाहीन, लक्ष्यहीन, यंत्रवत! उसकी सूनी आँखें शुष्क और दृष्टिहीन थीं, उसकी भावनाओं की ही तरह संघर्षरत! नियति उसे कहाँ ले जाएगी, जुनून उसे कहाँ खींच रहा था? उसकी आशा की परिधि कहाँ थी... उसके हृदय की आंधी उसके लिए क्या ला रही थी?

कोई जवाब नहीं।

फँस कर रह गई थी इरा, स्वयं ओढ़ी हुई उलझनों में जकड़ी उसकी चेतनता उसे बाहरी दुनिया के प्रति जागरूक रखती भी तो कैसे?

“ओ.. ओह... रुको! मैं कहता हूँ रुक जाओ... सुनो तो... रुक भी रहो!” ....कोई उसे उसके विचारों से बाहर खींचने की कोशिश कर रहा था।

वह झटके से रुक गई, और मुड़ी तो मनु को सामने देख!

स्वप्नवत इरा ने देखा, मनु कुछ कहते हुए उसी की ओर तेजी से दौड़ते आ रहे थे...

“रुक जाओ... तुम खाई में गिर सकती हो शुभे! ओह... तुम खतरे में हो!” वे कह रहे थे|

"मैं... खतरे में... हाँ, हो सकता है। मैं खतरे में हूँ...” और सहसा एक विचार आने पर वह पलटी| अपने कदमों के पीछे की पगडण्डी देखने के लिए उसने अपना सर घुमाया तो देखा, पथ समाप्त हो गया था। एक गहरी – घोर और बहुत गहरी घाटी उसके कदमों के ठीक नीचे थी! बस एक पग और, और....

इरा मार्ग की बेहद खतरनाक धार पर खड़ी थी।

“तुम... तुम ठीक हो? यहाँ... इधर आओ, यह मेरा हाथ पकड़ो। शुभे, मेरा कहा मानो...” मनु ने उसकी ओर अपनी बाँह फैला दी।

इरा जैसे नींद से जगी| उसने पलकें हिलाई यह समझने के लिए कि असली क्या है? उसकी ओर फैला मनु का हाथ सच था, या उसके कदमों के नीचे की खाई सच थी? प्रेम में बौराई बुद्धि ही नहीं, दृष्टि भी कुंद पड़ चुकी थी!

लेकिन उसे निर्णय लेने में बहुत समय लगा... और उसके बचावकर्ता ने तेजी से कार्य करने की आवश्यकता देखी। उन्होंने आगे बढ़ कर जड़ खड़ी राजकुमारी का हाथ पकड़ कर खींच लिया और सदय स्वर में आश्वासन देते हुए बोले, “हाँ बस, बस| अब तुम ठीक हो... डरो नहीं, तुम सुरक्षित हो|”

इरा? वह अविश्वास से मनु की ओर देखती रही... सम्भलती तो क्या!

संज्ञा शून्य सी असुर-राजकन्या धरती पर गिर पड़ी। उसने अपना सुनहरे बालों वाला सिर उठाया और ऊपर देखकर सिहर गई,

मनु की आकृति की छाया उसे आश्रय दे रही थी| स्वप्न में उभरी तस्वीर की भान्ति वे वहाँ खड़े थे, उसके ठीक सामने... उसके समग्र अस्तित्व को अपने आश्रय से आश्वस्त करते मनु सच में ही वहाँ खड़े हुए थे!

इरा ने फिर देखा, उनके आकर्षक सुंदर चेहरे को घेरे काले-काले केश अनोखी अदा से लहरा रहे थे। वे पूर्व की ओर मुँह किए हुए थे, जिससे पश्चिम में ढलता हुआ सूर्य अपनी लाल आभा से उनका प्रभामण्डल बन रहा था|

उसके सपनों के देवता मनु का हाथ उसकी ओर फैला था... वह सम्भाल न सकी। हाँ, नेत्रों ने क्या आज के लिए ही देखने का गुण पाया था?

“ओ... सम्भलो! अब तुम ठीक हो शुभे? क्या मैं... या ठहरो| मैं तुम्हारे लिए जल ले आता हूँ... तुम आकस्मिक दुश्चिंता से बस डर गई हो," उन्होंने कहा और चलने को उद्यत हुए।

इरा को होश आया| वह अस्फुट स्वर में बोली, "नहीं आर्य... मत जाओ!"

मनु रुक गए।

उन्होंने पहली बार देखा, अतिथि कन्या की बड़ी बड़ी गहरी नीली आँखें सजल थीं... उसके स्वर के कम्पन ने उन्हें द्रवित किया,

"शुभे," उन्होंने दृढ़ता से कहा, "कसेरुमान की राजकुमारी उससे बेहतर पाने की हकदार है जो मैं उसे दे सकता हूँ। कृपया उठो। और मनु को एक अतिथि की अवहेलना का अपराधी न बनाओ।”

"आ...आप," राजकन्या का गला आँसुओं से भर आया, "आ... आर्य मनु, आप दे सकते हैं..."

"मैं तुम्हें कुछ नहीं दे सकता शुभे,"

“आप... आप आर्य मनु... आज मुझे कहने दो। एक बात है जो मैं... बस एक बार सही... मुझे प्रेम करने का अधिकार दो। आर्य मनु... मुझे अपने साथ जीने का अधिकार दो... आपको मुझसे प्रेम नहीं... मुझे आपसे कुछ नहीं चाहिए... कुछ भी नहीं आर्य मनु... मैं यही... बस, यही! मैं... यहीं रहना चाहती हूँ.... आपके साथ न सही, आपके करीब...

केवल आर्य मनु... बस आप..." वह सब कुछ कहती चली गई जो नहीं कहना चाहती थी।

मनु खड़े सुनते रहे।

अब वे घबराए|

दिल की उलझनों को सम्भाल सकने में अनभ्यस्त, प्रेम की जटिल बारीकियों से अनजान, सरल, निश्छल हृदय मनुष्यों के प्रथम नरेश सूर्यपुत्र मनु असमंजस में पड़ गए। प्रणय के ऐसे निरीह निवेदन को सम्भाल सकने की सामर्थ्य उनमें कहाँ थी... वे इस के लिए अभ्यस्त थे ही नहीं।

"खुद को सम्भालो राजकन्या। मैं... विनती करता हूँ तुम खुद को सम्भालो," बड़ी मुश्किल से उन्होंने फिर कहा।

"बस एक... एक और बात आर्य मनु। फिर कुछ नहीं... मैं आपसे प्रेम करती हूँ आर्य! जीवन के हर शेष पल में करती रहूँगी... मैं... तभी तक जीवित रहूँगी जब तक आपसे प्रेम कर सकूँ," उसकी टूटती आवाज, उसके भीगे मुख और काँपते हाथों ने उन्हें स्तम्भित कर दिया, "मुझे कुछ नहीं चाहिए... और कुछ भी नहीं... सच कहती हूँ आर्य..." मनु के हाथ अपने मुख से लगाए वह न जाने क्या कुछ बोल रही थी...

मनु अविचल खड़े रहे। उन्होंने कभी इतना असहाय महसूस नहीं किया था - भाग्य विधाता जाने क्या चाहता था!

नादिया राजकुमारी को खोजती हुई मौके पर पहुँची| उसने दोनों फँसे हुए पाया - एक अपने भावनात्मक आवेग में, और दूसरे को अपनी दुविधा में! समझदार सहेली ने स्थिति परखी और तेजी से काम किया... उसने

इरा की पकड़ से मनु का हाथ छुड़ाया और उसे अपनी सुरक्षित बाहों में ले लिया।

नादिया ने कहा, "क्षमा करें आर्य, मुझे उसकी ओर से खेद है। वह अभी मुश्किल हाल में है। कृपया असुरकुमारी की इस अनुचित चेष्टा पर ध्यान न दें... मेरी सखी का जीवन बचाने के लिए आपका बहुत धन्यवाद।"

अत्यंत भारी मन से मनु वहाँ से चले आए।

यह उनसे क्या हो गया था... अनजाने में उन्होंने एक अजनबी अतिथि का मन बाँध लिया था जो संयोग से उनके क्षेत्र में आ निकली थी, और दुर्भाग्य या दुराशा पूर्ण प्रेम में पड़ कर पीर सहने के लिए मजबूर हो गई थी| उसकी असहनीय पीड़ा और व्याकुलता देखकर मनु स्वयं विचलित हो रहे थे... सब उन्हीं के कारण था क्या? वे इतने परेशान कभी नहीं हुए थे।

मनु इस सारी अशांति के कारण थे, और इतने पर भी स्वयं को विवश पा रहे थे| वे किस प्रकार मदद कर सकते थे, किसी भी प्रकार तो नहीं? इरा को राहत देने के लिए कुछ भी कहते या करते नहीं बनता था। यह जानते हुए भी कि असुरकन्या का संघर्ष कैसा गहन था, उसकी पीड़ा कितनी बेधक थी... कितनी तीव्र थी, वह कोई मदद नहीं कर सकते थे।

मनु अपनी पत्नी से प्रेम करते थे - पृथ्वी या आकाश की कोई शक्ति इस सत्य को बदलने में समर्थ नहीं थी - अभी नहीं और कभी नहीं। ऐसे में उनके जीवन में किसी और के शामिल होने की गुंजाइश कहाँ थी? भला कोई अनुपलब्ध को पाना चाहे, तो उसके लिए कोई क्या करे?

फिर भी, मनु स्पष्ट देख रहे थे कि भावनाओं ने इस बार बहुत क्रूर खेल रचा था। कभी-कभी प्रकृति के नियन्ताओं की संवेदनाएँ कितनी निर्मम हो जाया करती हैं... अबोध हृदयों के रक्त से अपने परिहास रचा करती हैं?

III

नादिया पूरी कोशिश कर रही थी कि इरा को डूबने से बचा ले, लेकिन हो यही रहा था। इरा डूब रही थी - उसका जुनून उसके जीवन के लिए खतरा बन गया था।

नादिया सब देख रही थी| ऐसा नहीं था कि मानव-राज मनु इरा के अयोग्य थे, लेकिन उन्होंने साफ कहा था कि वह इरा से कभी प्यार नहीं करेंगे और न ही उससे शादी करेंगे। मनु ने केवल एक बार शादी करने का प्रण लिया था, और कुछ भी करने पर उनका यह संकल्प बदलने वाला नहीं था। जिस दिन नादिया ने इरा के गठबंधन का प्रस्ताव रखा था उन्होंने यही कहा था, 'मैं केवल एक बार प्रेम कर सकता हूँ और एक ही बार विवाह - जो कि मैं कर चुका हूँ।'

मनु के प्रति इरा का जूनून दिन पर दिन उसे मार रहा था। और उस शाम नादिया को एहसास हो गया कि इरा अपने जीवन से हाथ धो बैठने के कितने करीब आ गई थी। वास्तव में वह धारे में नहीं, धार पर थी!

कहीं कोई समाधान नहीं था| तब नादिया ने एक फैसला लिया... उसे तुरन्त कुछ करना होगा| कोई और योजना बनानी होगी, उसने निष्कर्ष निकाला। और उसी रात अपने मंडप की निःशब्द शान्ति में उसने इरा से कहा,

"क्या तुम्हें एहसास है... तुम आज मर सकती थी?"

"हम्म?"

"... इरा?"

"...."

“क्या यह इतना जरूरी है? क्या तुम इससे बाहर नहीं आ सकती? क्या तुम मनु और इस मनहूस जगह को भूल नहीं सकती? इरा, वह तुमसे प्यार नहीं करता। हम... हम अपने कसेरुमान चलेंगे। हमारे अपने लोगों के पास, तुम्हारे पिता के पास, हम वहाँ चलेंगे और सब कुछ भूल जाएँगे... हम एक बार फिर बहुत खुश होंगे... खुश रहेंगे, मैं और तुम?”

"...."

“सुनो इरा, मुझ पर विश्वास करो। मैं कहती हूँ... अपनी धरती, अपने घर, अपने लोगों के बीच वापस जा कर हम ये सब भूल भी जाएँगे..."

"नादिया... आह! मेरी अच्छी नादिया! ...मुझे पता है कि उनके बारे में सोचना अच्छा नहीं... मेरी इच्छा का कोई फल नहीं| लेकिन मैं करूँ भी तो क्या! तुमसे सच कहती हूँ नादिया - मैं उनके बिना नहीं रह सकती। विश्वास करो सखी... मैं... मैं प्यार करती हूँ उनसे नादिया... भले इस कहानी का कोई अंत हो न हो, मगर मेरी तड़प का तो अंत नहीं|”

नादिया निरुत्तर, हताश उसे देखती रही। वह प्रेमातिरेक में डूबी नवयुवती को तर्क समझाने की निरर्थकता को समझ रही थी!

“...आखिर तुम क्यों नहीं समझती! मैं यहाँ से नहीं जा सकती... आर्य मनु से दूर कहीं नहीं जा सकती। वे मेरे पास नहीं आएँगे लेकिन मैं, मुझे उनके करीब रहना होगा। हमेशा, सदा के लिए। उन्हें दूर से ही सही देखते रहने के लिए, उनसे प्रेम करते रहने के लिए मुझे बस यहीं रहना होगा।” इरा जिद्दी बालिका की तरह कहे जा रही थी।

"तो ठीक है। मैं समझ गई कि मामला कितना गंभीर है। अब मुझे जरा कुछ सोचने दो|”

"किस बारे में सोचोगी? यानि क्या सोचोगी तुम?"

"उन्हें मनाली से उठाकर कसेरुमान ले जाने के बारे में!"

"क्या? किसे कहाँ ले जाने...?"

"तुम्हारे मनु को, और किसे!”

“....?”

“हाँ क्यों नहीं? यदि तुम्हें उसके घर में दाखिल होने की अनुमति नहीं है, तो हम उसे अपने घर लिए चलेंगे!”

“पागल हुई हो? क्या बोल रही हो... तुम... होश में तो हो? आर्य मनु हमारे साथ कसेरुमान क्यों चलेंगे? और वह कोई पाँच वर्ष के बालक तो हैं नहीं कि जिन्हें तुम उठा कर ले चलोगी! ...हे भगवान! तुम और तुम्हारी बातें!”

“पागल नहीं हुई हूँ मैं, कम से कम अभी के लिए नहीं। अभी मुझे लगता है कि इन्तजार का समय ख़त्म हो गया है और तुम्हारी समस्या का समाधान तुरन्त करना जरूरी है। मैं देख रही हूँ कि

तुम्हारा जुनून तुम्हें जीने नहीं देगा... और मैं ऐसा नहीं होने दूंगी। तुम अब कल सुबह तक मेरा इंतजार करो।" नादिया ने विश्वासपूर्ण अंदाज में कहा और कक्ष से बाहर चली गई।

अध्याय 6

षड्यंत्र

I

सुबह की प्रतीक्षा में उत्कंठित असुर राजकन्या ने किसी प्रकार रात बिताई। उसे इस बात में कोई शक नहीं था कि नादिया कुछ कर-गुजरने वाली थी। लेकिन वह क्या था, यह सोच पाना इरा के लिए जरा मुश्किल था। फिर भी, उसने कल रात नादिया के चेहरे पर एक दृढ़ संकल्प जैसे देखा था।

ऐसे मामलों में उसकी दक्षता पर इरा को भी उतना ही भरोसा था जितना कि उसके पिता शम्बरासुर को था। वह जानती थी, बुद्धि और चतुराई के मामले में नादिया शायद ही कभी चूके।

थोड़ी ही देर में नादिया अपने वफादार दामस दमनासुर) के साथ उसके कमरे में दाखिल हुई। दोनों ने अभिवादन करके राजकुमारी को आश्वस्त किया और फिर दामस ने असुर-राजनंदिनी को संबोधित किया,

“राजकुमारी! इस कार्य के लिए जिन दवाओं की हमें आवश्यकता होगी, वो हमारी यात्रा व्यवस्था अनुसार पहले से हमारे पास हैं। मैं धूरन-आसरून (धतूरा और तगर) को उचित अनुपात में मिला कर तैयार करूँगा। और इससे पहले कि मैं आर्य मनु पर इसका इस्तेमाल करूँ, मैं अपने एक सहयोगी पर इसका परीक्षण करूँगा। परिणाम आने में सिर्फ एक दिन लगेगा... यानि कि शारीरिक प्रभाव देखने

में, यदि कोई हो तो। एक बार प्रयोग शुरू करने की अनुमति मिलने के बाद मैं सभी घटनाक्रमों पर सूचना लेकर जल्द ही आपके पास लौटूँगा।"

इरा कुछ समझ नहीं सकी। धतूरा और तगर? मनु पर प्रयोग? इसका क्या मतलब था? इन औषधीय पौधों के एक विशिष्ट पद्धति के अनुसार मिश्रित प्रयोग से कम से कम पांच-छह महीनों के लिए स्मृति नाश या बुद्धि भ्रम हो सकता था! और ये आर्य मनु पर इसका उपयोग करने की सोच रहे हैं... भगवान! पागल तो नहीं हुए हैं? नादिया आखिर क्या करने की योजना बना रही थी?

"प्रयोग? अ... मगर तुमसे किसने..." उसने नादिया को देखा जो सर हिला कर कुछ इशारा कर रही थी| इरा ने पूरे मामले पर विवरण प्राप्त करने के लिए दामस को कक्ष से बाहर जाने का संकेत दिया।

"इरा," नादिया ने कहा, "चूंकि तुम मेरी बात सुनने के लिए तैयार नहीं थी, इसलिए मुझे तुम्हारी सुनने के बारे में सोचना पड़ा।"

"सो ठीक है, मगर यह सब क्या..."

"...तुम कहती हो न, कि मानव-राज के लिए तुम्हारी भावनाओं का कुछ नहीं किया जा सकता, तो फिर तुम्हारी भावनाओं के लिए मनु का कुछ किया जाए| यही एक मार्ग है... क्योंकि तुम्हारा जीवन बचाना मेरा एकमात्र उद्देश्य है और मैं इसे कर के रहूँगी। चाहे तुम मेरे लिए इसे कितना ही कठिन बना रही हो, फिर भी मैं तुम्हें मरने नहीं दे सकती। तो इसलिए इरा, मैं प्रस्ताव करती हूँ कि हम आर्य मनु को उनके लोगों, उनकी मनाली, उनकी कामायनी और उनकी यादों से भी कुछ समय के लिए छुटकारा दिला दें... भले

अस्थायी रूप से सही। और ऐसे में उन्हें उठा कर कसेरुमान ले चलें!"

योजना की भयंकरता सोचकर इरा की नीली आँखें खुली की खुली रह गईं!!

II

शुरू के मानसिक अवरोधों से राजकुमारी को धीरे धीरे बाहर लाते हुए नादिया ने मनु को चुरा ले जाने की पूरी साजिश को समझाया।

योजना के अनुसार मनु को अर्जिकीया के निचले तट पर जहाँ वे अक्सर आया करते थे, वहाँ एक बिच्छू द्वारा डंक मार कर घायल किया जाना था| सर्वथा हानिरहित) उस कीट के काटने से घायल मनु के इलाज के लिए इरा के शिविर से दामस को मदद के लिए उपस्थित होना था। विशिष्ट चोट की दवा के तौर पर अपघर्षक तगर और धतूरे का मिश्रण पिला कर वे मनु को बेहोश करने वाले थे। तदनन्तर अचेत मानव-राज का अपहरण कर, जो कि 3-4 दिनों के बाद ही नींद से जागते, असुर उन्हें कसेरुमान ले जाते| और फिर एक बार जब वे अपने शहर पहुँच जाते, तब उन्हें विवाह के लिए मनाना इरा और शम्बर का काम था!

इरा ने सब सुना| उसने पूरी साजिश की कुटिलता के बारे में सोचा... उसने यह भी देखा कि आयोजन कितना कपटपूर्ण था। कितना अनैतिक था धोखे से एक अच्छे भले मनुष्य की याददाश्त मिटा देना, अगवा कर लेना, और फिर... अनाधिकार विवाह भी कर लेना?

विवाह!

हाँ यही तो - एक ओर इरा एक पूरी तरह से स्वस्थ दिमाग में रोग पैदा करने में शामिल अन्याय पर विचार करती थी, और दूसरी ओर अपनी कामनाओं के केन्द्र मनु को पा लेने का आनन्द सोच रही थी! वह डोल रही थी, फिर भी...!

फिर उसने मनु को देखा... मंत्रमुग्ध करने वाले अपने काम्य पुरुष को देखा स्वयं की ओर आते हुए - उसने एक तस्वीर देखी जिसमें मनु उस धोखे से उभर रहे थे। जैसे किसी रचनाकार द्वारा गढ़ी गई अतिशयोक्तिपूर्ण मानव मूर्ति हो... सुंदर सुगठित शरीर, मनोहर मुख-मुद्रा, राजसी चाल से चलते मनु को उसने अपनी ओर आते देखा| मंत्रमुग्ध कर देने वाली अपनी भंगिमा में वे उसे, इरा को देख कर तनिक मुस्कुरा दिए...

इरा ने और देखा...

वही सुनहरी कमरबंद था, वही सफेद लिबास, सर पर लाल पाग जिससे मोतियों की एक माला झूल रही थी... वही मनु! और उनकी लंबी सुदृढ़ बाँहों में घिरी, उनकी ठुड्डी के नीचे उनके वक्ष पर सर टिकाये कामायनी नहीं, इरा खड़ी थी| आवेश से उसका शरीर काँप उठा... पसीना बह चला।

जिसके करीब होने की कल्पना इतनी सुखद है, वह सच में करीब आ जाए तो? शायद प्राण ही न रहेंगे... उसने संभावना को फिर से अनुभव करने के लिए अपनी आँखें बंद कर लीं। मनु द्वारा आलिङ्गित, उनकी बाहों में सिमटी, उनके हृदय के निकट, उनके अधरों से...!

नादिया बोल रही थी, "...और फिर हम उन्हें वापस लौटाने भी तो वाले हैं। मानवों, उनके लोगों को और उनकी पत्नी को भी उसका पति वापस मिल जाएगा," उसका कहना था, "और तब छह महीने पूरे होने

पर हम उन्हें अपनी कहानी बताएंगे। यही... कि एक कीट ने उन्हें काटा जिसका इलाज केवल कसेरुमान में था। और इसलिए हमारे पास उन्हें उठा ले चलने के अलावा और कोई चारा नहीं था... जहर से बच जाने के बाद इलाज के दौरान उन्होंनें अस्थायी रूप से अपनी याददाश्त खो दी थी। इसी बीच तुम दोनों के वैवाहिक संबंध को जरूरी सिद्ध करने के लिए कोई न कोई कहानी गढ़ी जा सकती है जैसे...अ तुम्हारे पिता असुर-राज के कारण या शायद कुछ और! पर खैर, ये सब विवरण हम बाद में भी देख सकते हैं जब हम अपने महल में पहुँचेंगे," नादिया ने विस्तार से बताया।

इरा डगमगा गई। पूरी योजना काम की थी, कम से कम लग तो ऐसा ही रहा था।

"और उन पाँच या छह महीनों के अंत में क्या होगा? क्या वे कसेरुमान में हमेशा के लिए मेरे साथ रहना पसंद करेंगे? नहीं न... मुझे यकीन है कि जब उनकी याददाश्त लौटेगी तो वे यहाँ लौट आएँगे। तब फिर मेरा क्या होगा?"

"कुछ नहीं| हाँ, यह जरूर उनके ऊपर होगा कि वह कसेरुमान में रहेंगे या मनाली लौटेंगे - मगर यह तुम पर होगा कि तुम कामायनी के साथ अपना घर बना पाओगी या नहीं। तुम तीनों - मनु, कामायनी और तुम इरा, कैसे भी, कहीं भी खुशी से रह सकते हो। फिर जब वह अपनी याददाश्त वापस पा लेंगे और उन्हें तुम पर या तुम्हारे लोगों पर कोई शक नहीं होगा... तब ऐसे में एक बार उन्होंनें तुमसे विवाह कर लिया तो वह तुम्हें छोड़ नहीं देंगे - इतना तो मैं भी उनके बारे में समझती हूँ| समझीं?"

इरा ने सिर हिलाया।

“ठीक| तो अब मेरी इस बात को भी समझो - अपनी बाकी छोटी बड़ी परेशानियाँ तुम परिस्थिति अनुसार बाद में सुलझा लेना। लेकिन कम से कम अभी इस नाटक का मंचन करना हमारी पहली जरूरत है।“ हर उस सवाल को पढ़ते हुए जो उसकी सहेली के दिमाग में उभर रहा था, नादिया के पास मानो सभी उत्तर तैयार थे।

इरा चुपचाप उसे देख रही थी| क्या कहे, हाँ या ना कहते बनता ही नहीं था!

“खैर, सोचो इस बारे में – आखिर इतना कुछ बुरा भी नहीं है...” नादिया ने कहा और चलने को उद्यत हुई|

इरा ने रोका, “सुनो तो, जैसे कि... अच्छा तो तुम्हारा मतलब है कि हम थोड़े ही समय के लिए स्वार्थी हो जाएँ? मैं...! हाँ, पर मुझे भी लगता है कि मुझे कोई आपत्ति नहीं होनी चाहिए। लेकिन यह बताओ... पूरी योजना, यह सारा छल अनैतिक तो होगा न... क्यों नादिया?"

"हाँ, अनैतिक भी और अनुचित भी। लेकिन जरा अपनी ओर भी तो देखो - तुमने कोई विकल्प छोड़ा ही नहीं| मेरे पास तुम्हें बचाने का और कोई रास्ता नहीं बचा। तुम्हारा जीवन मेरी एकमात्र और प्रमुख चिंता है, मेरा लक्ष्य है, और मैं वह पा कर रहूँगी। तो इसलिए अब हमारे पास केवल दो विकल्प हैं। एक - या तो तुम अभी और इसी वक्त मेरे साथ कसेरुमान वापस चल रही हो, मनु और मनाली के बारे में सब कुछ भूल कर...”

"नहीं। ये नहीं हो सकता..."

“....तब फिर कोई विकल्प नहीं। हम उसी योजना अनुसार चलेंगे जिसके बारे में मैंने सोचा है। और वैसे भी, मुझे नहीं लगता कि इसमें कोई ख़ास

जोखिम या किसी के प्रति घोर अन्याय है। तुम्हें वह मिल जाएगा जो तुम चाहती हो और उसे भी अपना स्थान और सब खुछ वापस मिल ही जाएगा... चाहे जब भी सही। आखिरकार, मानव-राज कुछ खोने तो नहीं वाले हैं!"

"अ...हाँ। लेकिन क्या तुम्हें यकीन है नादिया? कि छह महीने बाद अपनी याद्दाश्त हासिल कर लेने पर वे मुझसे नफरत नहीं करेंगे?"

"न, वो ऐसा क्यों करेंगे? हम उन्हें वही कहानी सुनायेंगे जो मैंने अभी तुम्हें बताई है! और जैसा कि मैंने कहा कि वो एक संवेदनशील व्यक्ति हैं... जब तुमसे विवाह कर ही लेंगे तो तुम्हें यों ही नहीं छोड़ देंगे। बल्कि मैं तो कहती हूँ कि जब वह अपनी याद्दाश्त वापस पा लेंगे तो तुम्हारे लिए अच्छा ही होगा। तो उस पहलू पर तो चिंता ही नहीं करो मेरी प्यारी..."

"और तुम्हारी ये मनगढ़ंत... ये दवा? क्या यह एक सुरक्षित औषधि है? मेरा मतलब है कि ये अपरिवर्तनीय रूप से उन्हें कोई नुकसान तो नहीं पहुँचाएगी? "

"न| कोई डर नहीं। यह एक आजमाया और परखा हुआ नुस्खा है, पूरी तरह से विश्वसनीय|"

"कोई शारीरिक प्रभाव?"

"कोई नहीं, कुछ भी नहीं। तुम्हारे मनु सुरक्षित, स्वस्थ और ठीक रहेंगे। राजकुमारी, अपनी नादिया पर भरोसा रखो| मुझे मालूम है कि मैं क्या कर रही हूँ। देखो, मैं जानती हूँ कि सब कुछ बहुत उलझा हुआ लग रहा है - लेकिन हम संभाल लेंगे। अंत में सब ठीक हो जाएगा। मैं ये सब

कर रही हूँ क्योंकि हमारे पास और कोई रास्ता नहीं... और कह रही हूँ क्योंकि मेरे पास तुम्हें समझाने के लिए कोई बेहतर शब्द नहीं।"

इरा ने सहेली के चेहरे को बारीकी से जाँचा.... किसी झिझक की कोई गुंजाईश नहीं, आँखों में शक की लकीर तक नहीं। वह आश्वस्त थी। उसके विश्वास पर विश्वास करते हुए इरा ने मंजूरी में सिर हिलाया।

नादिया ने आगे की योजना के लिए दामस को भीतर बुला लिया।

अध्याय 7

क्रियान्वयन

I

मनु को मनाली से गए दो दिन से अधिक बीत चुके थे। उस दिन सुबह वे सप्तऋषियों के दर्शन के लिए गए थे| इस भेंट के लिए वे अकेले ही निकल गए थे|

अचानक घिरे भावनात्मक तूफ़ान की अवाञ्छनीय उलझनों से वे परेशान हो उठे थे| वो भी तब, जब कि अपने व्यक्तिगत जीवन और अपनी निजि खुशियों के विषय में वह अभी-अभी सोचने लगे थे! और ऐसे में विदेशी अतिथि कन्या का प्रेम निवेदन, प्राणार्पण... सब गड़बड़ हो गया था। परेशान, शंकित और व्यथित हो कर मनु उचित मार्गदर्शन और स्वस्थ-चित्त होने के लिए सप्तऋषियों के दर्शन के लिए निकले थे|

मनाली के लोग जानते थे कि जब भी उनके राजा व्यक्तिगत रूप से परेशान होंगे, मार्गदर्शन के लिए ऋषिगणों के पास अकेले जाएँगे। मनु अर्जिकीया पार कर उस शैल शिखर तक चलते जाते थे जहाँ ऋषि ध्यान करते थे। अपनी समस्या की जटिलता के अनुसार ही उन्हें लौटने में एक या कभी कभी दो दिन भी लग जाया करते थे।

इस बार मनु को गए आवश्यकता से एक दिन अधिक हो गया था। मनाली के मानव-गण चिंतित थे, और कामायनी भी असहज थी।

ऐसा पहले कभी नहीं हुआ था। मनु किसी भी विशेष कार्य के लिए तय की गई समय सीमा में वापस आ जाते थे... और इस बार एक नहीं बल्कि दो अतिरिक्त दिन व्यतीत हो गए थे| उनके द्वारा की गई समय की ऐसी अव्हेलना निश्चित रूप से असाधारण थी। यह उनके लिए बिल्कुल नहीं व्यवहार्य नहीं था - अपने लोगों को बिना बताए इतने लंबे समय तक अनुपस्थित रह जाना|

कामायनी को कुछ अनबूझ सूझ रहा था। कहीं तो कुछ अनागत, अनुचित था... असामान्य। लेकिन क्या? इसका कोई संकेत नहीं था।

अपनी उद्विग्नता बाँटने के लिए कामायनी ने आखिरकार तीसरी सुबह सुवर्णा (उसके बचपन की सखी, सेना प्रमुख आर्य वायु की पुत्री) को बुला भेजा। सुवर्णा ने भी अपनी चिंता तो व्यक्त की, लेकिन फिर भी दिन के एक और पहर तक इन्तजार करने की सलाह दी।

वे मनु को वापस आते देखने के लिए दोपहर तक इंतजार करते बैठे रहे। किन्तु राह का एक पत्ता तक नहीं खड़का... मनु तो क्या आते!

अब उन्होंने आर्य पृथु से सलाह लेने का फैसला किया| आर्य पृथु खुद उनके द्वार तक ही आ रहे थे।

II

ग्राम मनाली के मध्य स्थल में मानव समाज की आपात बैठक चल रही थी| सभी इस विषय पर चिंतित और चकित थे कि आखिर मनु कहाँ हैं?

"मैं स्वयं सोच रहा था कि आर्य मनु कहाँ हैं... उन्होंने ऐसा तो कभी नहीं किया," पृथु ने आखिरकार सोच-समझकर कहा, "हालांकि मुझे यकीन है कि उनके साथ कुछ भी गलत नहीं हो सकता...,"

“तात पृथु, हमें कम से कम कुछ तो करना चाहिए ...आखिर यह तीसरी शाम है| और हमें कोई खबर नहीं है, आर्य मनु की ओर से भी कोई संदेश तक नहीं... यह बहुत ही अजीब है, आपको नहीं लगता?” सुवर्णा ने कहा।

"हाँ। यह उनके स्वभाव के विपरीत है। और मुझे थोड़ा चिंतित भी करता है यह भी मैं मानता हूँ... तो ऐसा करें कि सोम और पवन (उनके दो भरोसेमंद सहयोगी) उस दिशा में जाएँ जहाँ वे गए थे और उन्हें ढूंढें?" पृथु ने सहयोग किया||

III

आज चौथे दिन की सुबह हो रही थी।

सोम और पवन ने सप्तऋषियों के निवास स्थान का दौरा किया था और उन्होंने ऋषियों को गहरी समाधि में पाया था। इसलिए वे जानते थे कि मनु वहाँ नहीं आए थे। ऐसा इसलिए था क्योंकि कोई भी नश्वर प्राणी या कुछ भी अन्य आपदा महर्षियों को उनकी ध्यानस्थ अवस्था में विचलित करने का साहस नहीं कर सकता था। कोई भी वहाँ नहीं आ सकता था - मनु भी नहीं।

यहाँ नहीं, तो पिछले तीन दिनों से मनु कहाँ थे?

अब घबराए सोम और पवन ने अपने राजा के लिए हर संभव जगह खोज डाली - नदी के किनारों से परे चट्टानों के रास्ते, घाटियाँ, पर्वत शिखर,

मैदान, वन प्रांगण खोजते हुए उन्होंने पूरी रात मनु को पुकारते हुए बिता दी।

परन्तु सफलता न मिलनी थी, नहीं मिली... मनु कहीं नहीं थे।

हार कर टूटे हुए वे भोर में मनाली वापस आ गए| न किसी ने कुछ पुछा, न उन्होंने कुछ कहा - उनके उदास चेहरे ही उनकी असफलता के द्योतक थे!

पृथु, वायु, धृति, कामायनी और पूरे मानव समुदाय का हर एक सदस्य मनु के अचानक गायब होने के बारे में सोचता रहा। उनके शांतिपूर्ण गांव मनाली के आसपास क्या हो रहा था? किसी को कोई सुराग नहीं था।

अपने प्रिय नेता की अनुपस्थिति में उनकी बुद्धि भी मानो जड़ हो गई थी – किसी को समझ नहीं आ रहा था कि वे क्या करें... कहीं और खोज शुरू करें, कुछ और समय तक प्रतीक्षा करें या तुरंत मदद के लिए आदित्यों या यक्षों को बुला लें?

तभी पृथु को याद आया, “हम अतिथियों से पूछ सकते हैं... वही, कसेरुमान के लोगों से। आर्य मनु ने उनके शिविर के निकट से ही अर्जिकीया पार की होगी। संभवतः उनकी तरफ से किसी ने उन्हें देखा हो? "

एक झटके से सोम और पवन ने अपने सिर उठाये... उनके नेत्र मिले और कोई बात मस्तिष्क में कौंध गई,

"हे भगवान! यह भी हो सकता है? ...क्या ऐसा हो सकता है? लेकिन...क्यों?” सोम आश्चर्य मिश्रित उत्कंठा से बोल उठा।

"क्या संभव है? सोम, हमें बताओ कि क्या हुआ है?” पृथु ने मांग की।

“कसेरुमान शिविर... गायब है| है ही नहीं!"

"गायब है? तुम्हारा मतलब है कि वे उसे छोड़ गए? कैसे? कब? बिना बताए? क्या वास्तव में? पर क्यों?"

“लेकिन क्या तुम्हें यकीन है? क्या तुमने चारों ओर अच्छी तरह से जाँच की?” वायु ने पूछा।

पवन ने कहा, "आर्य वायु, उस स्थल पर परिन्दे का पर तक नहीं है।"

कामायनी जो सब सुन रही थी, अब वह बुदबुदाई, "...तो वह उन्हें ले गई," और गिर पड़ी|

सुवर्णा ने उसे अपनी बाहों में सम्भाल कर रोक लिया।

IV

मानव दल ने खुद को आगे की कार्यवाही निर्धारित करने के लिए संगृहीत किया| उन्होंने अपने कन्धे सीधे किए और जैसे तैसे तनाव को दूर किया। कामायनी के सविस्तार बताने के बाद कसेरुमान की असुर राजकुमारी के मनु विषयक जुनून को सभी ने एक स्वर से मनु एवं अतिथि-शिविर के अचानक गायब होने का कारण स्वीकार किया।

सुवर्णा ने बताया, कि किस प्रकार मनु की मनाली वापसी के दिन उत्सव के दौरान उसने इरा को मनु को अपलक निहारते हुए देखा था।

फिर भी मानव एक बात समझ पाने में असफल थे, वह यह कि मनु जैसे समर्थ व्यक्ति को उनकी इच्छा के विरुद्ध कैसे अपहृत किया जा सकता है?

वे अपने नेता की शक्ति से परिचित थे। वह एक अजेय योद्धा था और 8-10 असुरों की उस लघु सेना से भयभीत या पराजित किसी प्रकार नहीं किया जा सकता था। तब यदि इस सम्भावना से इंकार किया जाए, तो प्रश्न खड़ा होता था कि स्वेच्छा से मनु अपने लोगों को बताए बिना उनके साथ क्यों जाएंगे? असंभव! अवश्य यह उनके विरूद्ध कोई गहरी चाल थी, गम्भीर और खतरनाक!

उनके संदेह तब और बढ़ गए जब भीड़ में से किसी को याद आया कि मनु के प्रस्थान से कुछ दिन पहले ही असुर दल का एक सदस्य मनु की गतिविधियों की जांच कर रहा था।

अंततः यह स्वीकार किया गया कि मनु को किसी छल-प्रपंच द्वारा कसेरुमान ले जाया जा रहा था। यह किस तरह से किया गया था, या कैसे हुआ था - यह उनके तर्क से परे था। मानव दल निष्पाप लोगों का एक सरल समुदाय था - उनकी कल्पना कभी भी उस स्तर तक नहीं पहुँच सकती थी, जिस पर असुरकन्या के हठ ने उसे गिरा दिया था।

अस्तु, इस संकट समय में एक तो राहत अवश्य थी – कसेरुमान की असुरकुमारी उनके राजा से प्रेम करती थी और इसलिए वह उन्हें सुरक्षित रखने वाली थी।

यह समय कामायनी की आंतरिक शक्ति की परख का भी था। उसे दल के लोगों को सम्भालना था, बिना घबराहट के उन्हें मार्ग-दर्शन देना था। क्योंकि उसके अवसाद और चिन्ता के परिणामस्वरूप मनुष्यों का ध्यान उस वक़्त की प्रथम आवश्यकता से हट सकता था। कामायनी की

चिन्ताओं की तुलना में मनु की खोज पर ध्यान देना अधिक महत्वपूर्ण था।

अपने नेता को सुरक्षित वापस लाने के लिए उन्हें साथ बैठ कर समझदारी से सोचने और युक्तिपूर्ण हो जाने की आवश्यकता थी। इस अवसर पर कामायनी ने एक उत्तम रानी के योग्य गहराई का परिचय दिया और संगोष्ठी में समझदारी से अपना योगदान भी दिया,

"क्या हमारे बीच में कोई है जो जानता है कि यह स्थान... कसेरुमान कहाँ हो सकता है?" उसने पूछा|

"...या कोई और बात, कुछ भी? जैसे इस जगह या असुर लोगों के बारे में... उनकी सभ्यता के बारे में?" पृथु ने इस विषय पर पूरे समूह की चुप्पी को लक्ष्य किया।

चूँकि किसी के पास कोई उत्तर या अंदाजा भी नहीं था, इसलिए तत्काल ही निकटतम सहायता तलाशने का निर्णय लिया गया। लेकिन सप्तऋषि तो समाधि में थे... उनके ध्यान में कोई व्यवधान डालना अनुचित था इसलिए उन्हें मार्गदर्शन के लिए कहीं और देखना होगा।

"आदित्य...! शक्तिशाली आदित्यों को उस जगह और उन लोगों के बारे में सबकुछ पता होगा। हमें एक बार उनके पास जाना चाहिए!" आर्या धृति पृथु की पत्नी) ने याद दिलाया।

बात सही थी। तो इस प्रकार चार मानवों का एक सूक्ष्म सा दल अविलम्ब आदित्यराज शक्र की नगरी अमरवती के लिए रवाना हुआ।

V

कम से कम पच्चीस से तीस दिन का अघट इन्तजार था - अमरावती तक पहुँचना और आदित्यों के साथ मनाली वापस आना। लेकिन शायद ही कोई विकल्प था, क्योंकि वे अकेले कुछ नहीं कर सकते थे।

सबसे पहले तो उन्हें इस बात का अंदाजा भी नहीं था कि उन्हें किस दिशा में खोज शुरू करनी है। दूसरा यह कि चार दिनों का मूल्यवान प्रतीक्षा-समय गँवा देने के बाद वो यह सोचने के लिए बाध्य हो गए थे कि अब तक उनके राजा के अपहरणकर्ता उनकी पहुंच से बाहर हो चुके होंगे। ऐसे में उन्हें असुरों की पूरी ताकत पर भी विचार करना था (जिस पर उनका कोई अंदाजा या अनुमान नहीं था)|

अब एक ओर था अपरिचित शक्तिशाली असुर दल, और एक ओर कुल साठ (महिलाओं को छोड़कर) मनुष्यों का एक नायक-हीन समुदाय जो कि अपने नेता को खो कर हतोत्साहित हुआ बैठा था| उनके लिए आदित्यों की मदद अनिवार्य थी|

एक बात जो अभी भी उनके गले नहीं उतर रही थी वह संभावना थी, जिसने मनु को बंदी बना लिया था| अखण्ड पृथ्वी पर कोई शक्ति नहीं थी जो सूर्यपुत्र मनु पर बल प्रयोग कर सके! अपनी भारी भरकम तलवार के साथ असाधारण निपुणता रखने वाले मनु विश्व के सबसे प्रसिद्ध योद्धा थे| जब भी वे बाहर जाते तो कमर में अपनी प्रिय तलवार अवश्य बांध लेते थे। उस दिन भी वे उसे ले गए थे। वह शस्त्र उनके हाथ रहते कोई भी उन्हें हरा या झुका सकता... यह संभव ही नहीं था।

अतिथि शिविर के स्थान पर कोई निशान नहीं मिले थे जो संघर्ष का संकेत देते। लेकिन कुछ तो हुआ था... वहीँ, अर्जिकीया के दूसरी तरफ के तट पर कुछ असामान्य हुआ था। शिविरार्थियों के अचानक और

अन-सूचित प्रस्थान के कारण यह निष्कर्ष निकाला गया था। हालाँकि, उत्तेजना और क्रोध के बावजूद सभी मनाली वासियों और कामायनी को भी मनु की कुशलता के विषय में सन्देह न था - उन्हें अनुकूल रखा जाएगा वे जानते थे।

मनाली में हर पल मानवों के धैर्य का परीक्षण हो रहा था। वे एक आशावाद अवश्य धारण किए थे, किन्तु उनके हृदय दुर्दमनीय पीड़ा से खण्ड हुए जा रहे थे। वे सभी चुप्पी धारण किए सतही रूप से शान्त लग रहे थे, लेकिन भीतर से त्रस्त थे। आखिर मनु के बिना मानव क्या थे?

अध्याय 8

कसेरुमान की राह पर

I

असुरकन्याओं की साजिश बेहद सफल रही।

जिस दिन मनु सप्तऋषियों से मिलने के लिए मनाली से रवाना हुए थे, तभी दामस ने अपने आदमियों को उनके पीछे रख छोड़ा था। असुरों ने अपनी शातिर चाल के तहत एक खतरनाक लेकिन वास्तव में गैर-जहरीला बिच्छू जो कसेरुमान से लाए उनके औषधीय उपकरण बॉक्स में साथ था) सा दीख पड़ने वाला कीट उनकी ओर छोड़ दिया| कीट ने उनके पैर में काटा, और मनु दर्द से कसमसा उठे। दामस ने पास ही होने का नाटक किया... घाव की जाँच करके उसने मानव-राज को "खतरनाक" विष के तत्काल उपचार की सलाह दी।

पूरी तरह से निःशंक और असावधान मनु कसेरुमान शिविर में गए, और असुरों के कहने पर कोई अजीब-सी जड़ी बूटी का मिश्रण पी गए। फिर क्या था, कुछ ही क्षणों में मूर्छित हो सूर्यपुत्र वहीँ गिर गए।

प्रस्थान की आवश्यक तैयारी पहले से ही पूरी थी| छली अतिथियों ने अपनी कपट योजना के अनुसार अपने बेशकीमती बन्दी को संभाला और तुरन्त शिविर छोड़ दिया। इससे पहले कि कोई कुछ जान पाता वे अपनी राह पर थे – शम्बरासुर के असुर राज्य की ओर।

मानवों से बातचीत के दौरान पूछताछ करने पर असुरों ने पहले ही सुनिश्चित कर लिया था कि कम से कम एक-दो दिन के लिए मनु की अनुपस्थिति पर किसी का ध्यान नहीं जाएगा।

यहाँ तक सब कुछ ठीक-ठाक हो गया था|

II

असुर कन्याओं ने मनु की तलवार को किसी एक नदी में फेंक दिया, जो राह में उन्होंने पार की थी।

बेसुध, अरक्षित और निहत्थे मनु उनकी बग्गी में बेहोश पड़े थे। इरा ने उनके नीचे अपने सबसे आरामदायक आसनों को बिछा कर उनका शारीरिक कष्ट बेशक न्यूनतम करने का प्रयास किया था। वह खुद उसी गाड़ी में यात्रा कर रही थी, और उनके पास बैठी उनके असहाय शरीर की निगरानी कर रही थी। सारी योजना की सूत्रधार नादिया भी उसके समीप ही थी।

इरा ने परम शोभनीय मनुष्य मानव-राज मनु को इतनी निकट से, इस प्रकार बेहिचक कभी नहीं देखा था – किन्तु अब देख पा रही थी - यही उसके प्रयासों का फल था! वह अथक देख रही थी उनकी गतिहीन, निष्क्रिय और निष्पंद काया को... उसे अच्छा लगा हो या नहीं, यह तो ईश्वर जाने... लेकिन उसके नेत्रों ने आज ही अपने होने का अर्थ पाया था|

यह छल था, तो हुआ करे... अनैतिक था, भले हो! ऐसा ही करना पड़ा क्योंकि उसके पास कोई दूसरा तरीका नहीं था उन्हें इतना करीब लाने का। 'एक बार जब वह जागेंगे तो केवल मुझे ही देखेंगे... और

कामायनी को भूल जाएँगे', सोए हुए पुरुष के शांत आकर्षण की हृदय में प्रशंसा करते हुए उसने खुद से बार-बार कहा - मानो किसी बालिका ने उस खिलौने को प्राप्त कर लिया हो, जिसके लिए वह बहुत देर से मचल रही थी!

“एक बार हम हिमालय से निकल जाएँ, तो हम उन्हें जगा सकते हैं?” उसने पूछा|

"अ... हाँ। हम निरन्तर चल रहे हैं और अभी लगभग डेढ़ दिन की यात्रा और शेष है। तो भी जिस तरह से हमारा होशियार दामस कारवाँ को ले जा रहा है, कल शाम तक हम सरस्वती के मैदानों को पार कर जाएँगे। फिर उसके बाद, यानि सिंधु के तट पर पहुँचने के बाद ही हम उन्हें जगा सकते हैं। कोई खतरा मोल लिए बिना बताऊँ तो कल की सुबह होने के बाद हम उन्हें जगा सकेंगे।"

"नादिया, अगर मैं तुमसे एक बात पूछूँ तो तुम जवाब दोगी?"

"क्या है इरा?"

“उनके लोग, सभी मानव हमारे प्रति बहुत अच्छे थे। यहाँ तक कि कामायनी ने भी हमारे साथ बहुत अच्छा व्यवहार किया। और फिर भी... मेरा मतलब है... हमने उनके साथ यह सब किया| एकदम अप्रत्याशित तरीके से उनके नेता, उनके प्रिय मनु को चुरा लिया। मैं सोच रही हूँ कि हमने अच्छा नहीं किया, है न?”

"क्या तुम्हें पछतावा है? तुम ऐसा नहीं करना चाहती? सुनो, इरा... यदि तुम समझ रही हो तो अभी भी सब ठीक हो सकता है... हम इन्हें अब भी वापस पहुँचा सकते हैं। अभी वक्त है..."

“नहीं... अफसोस कि ऐसा नहीं है। मेरा मतलब पीछे हटने का नहीं था। ख़ासकर अब तो बिल्कुल नहीं जब कि... ओह! मैं इनके इतने करीब महसूस कर कर रही हूँ। आर्य मनु मेरा जीवन हैं नादिया। मैं उन्हें देख सकती हूँ, उन्हें छू सकती हूँ, उनके इतने पास हूँ, और इतने भर के लिए मैं दुनिया में कुछ भी कर सकती हूँ! अच्छे बुरे का तो प्रश्न ही क्या है... फिर भी, मैं मानती हूँ कि मैंने कामायनी और उनके मानव लोगों के साथ बहुत अनुचित व्यवहार किया है। यहाँ तक, कि हो सकता है भविष्य मुझे कभी क्षमा न करे... प्रेम में डूबे सभी लोगों के लिए गलत मिसालें स्थापित करने के लिए मुझे याद करे...”

“इरा...!”

“क्या तुम्हें भी ऐसा लगता है? तुम क्या कहती? कि मुझे अपना पूरा जीवन उनके लिए तड़पते बिताना चाहिए था बजाय इस चोरी के?"

"न...! किन्तु तुम्हारे तर्क में वजन है। फिर भी हमें इस प्रसंग को जरा अलग रोशनी में देखना होगा। वो इस तरह कि यदि तुम खुद को सम्भाल सकने में सक्षम हो सकती, तो तुम्हें चाहिए था कि आर्य मनु के बारे में सब कुछ भूल जाती और अपने साम्राज्य में, अपनी धरती पर लौट जाती। लेकिन तुमने कहा कि तुम उनके बिना रहने के बारे में नहीं सोच सकती। ऐसे में अगर मैं तुम्हें मर जाने देती हूँ, तुम्हारे जुनून को जानते हुए भी ऐसा होने देती तो मैं कई और जानें जोखिम में डाल देती हूँ।

तुम्हारे पिता महान असुरराज शम्बर निश्चित रूप से जी नहीं पाएँगे... यदि तुम्हें ऐसी यम-यातना से गुजरते देखेंगे। सम्पूर्ण असुर सभ्यता उन्हीं पर निर्भर है... केवल तुम्हारे पिता पर। अब ऐसे में तुम्हारे दुर्भाग्यपूर्ण प्रेम के लिए मैं क्या, कोई भी एक पूरी जाति के अस्तित्व

को कैसे दाँव पर लगा सकता है? मुझे उनके बारे में भी तो विचार करना था जो तुम्हें खुश और जीवित देखने के लिए जीते हैं... मृत्यु के मुख में जाते हुए नहीं।

और क्यों? किसलिए? ...जब कि बुद्धिमत्ता से सोच समझ कर, एक सहज सी योजना के तहत इसे टाला जा सकता है? तो फिर क्यों नहीं! मैं तो मानती हूँ कि हर व्यक्ति को कई बार अपने निजि स्वार्थ को तौलना पड़ता है। एक तरफ केवल एक व्यक्ति को धोखा दिया जा रहा है, और दूसरे ओर एक पूरी जाति का अस्तित्व खतरे में है। चुनाव में सन्देह की गुंजाईश क्या है?

अलावा इसके हम कोई गलत मिसाल कायम नहीं कर रहे हैं - क्योंकि हम अंततः उन्हें उनके मूल स्थान, उनकी अपनी जगह और उनकी पत्नी सहित उनके लोगों को वापस कर देंगे। और हमारी योजना किसी से कुछ छीन भी नहीं रही... हम तो सिर्फ दो लोगों को, दो संस्कृतियों को जोड़ने की कोशिश कर रहे हैं।

"हम्म| जैसा कि तुम कहती हो, हम लोगों को जोड़ने की कोशिश कर रहे हैं! पर हो सकता है न... उनके हिसाब से यह स्वार्थ हो?"

"ओह इरा, हो तो हो! छोड़ो भी, भूल भी चुको!" नादिया उकता गई।

इरा बेकार की बहस में पड़ रही थी। वह भली भान्ति जानती थी कि वे कहाँ खड़े थे - सही और गलत उसे इस समय नहीं सोचना चाहिए जब कि वह हृदय से इस भान्ति बेबस हो और शेष हर विचार को स्वयं से दूर कर चुकी हो।

"ठीक ही है। अब नहीं सोचूँगी। मुझे पता तो है कि मैं स्वार्थी हो रही हूँ| तो भी मैं, इरा मनु की खातिर यह छल करूँगी। मैं स्वार्थी

बनूँगी, क्योंकि मुझे भी जीने का अधिकार है... और वही अधिकार प्रेम करने का भी है। अब जब तक मेरा उद्द्येश्य सफल नहीं हो जाता, मैं ऐसी ही रहूँगी| कामायनी और मानवों के लिए इस वियोग की भरपाई छह महीने बाद हो जाएगी।" राजकन्या का दंभ जगा!

अस्तु, इस प्रकार दोनों लड़कियों ने आपस में बहस की और अपने कार्यों को उचित ठहरा लिया। अपनी सोच को उपयुक्त पाते हुए उन्होंने कुछ विचार करने की परवाह नहीं की। न उन्होंने यह सोचा कि जिस उथल-पुथल से मनु की भावनाऐं गुजरने वाली थी...

संसार के सर्वश्रेष्ठ मनुष्य को धोखे से दी गई मूर्छा, स्मृति-भ्रम, अपहरण... उनके विवाहित और एकपत्नी-व्रती होने के बावजूद छल से रचा जाने वाला विवाह - वो भी ऐसी कन्या से जिससे वे प्रेम नहीं करते? और उनके बुद्धि भ्रम से उत्पन्न मानसिक उत्पीड़न... अपनी प्रिया, अपने लोगों, अपनी धरती से अलग होने की व्यथा, इनमें से क्या सह पाना सरल था?

लेकिन ऐसा ही असंवेदनशील था असुरकन्या का निर्बाध प्रेम, और ऐसा ही था उन्हें पा लेने की उसका असंयत हठ।

खण्ड III

पत्थर के महल में

अध्याय 1

एक नया नाम, और एक नया खेल

I

मनु यात्रा के दौरान अधिकतर सोये रहे थे| जागते, तो भी अपनी स्मृति को टटोलने के लिए संघर्षरत रहते।

अब वह जाग चुके थे लेकिन उनके मुख पर कमजोरी चिन्ह थे| उनके स-अलस नेत्रों में गहरे लाल डोरे बन रहे थे| ये उस नशे के चिन्ह थे जो 'अत्यधिक जहरीले कीड़े के काटने के लिए दवा' के बहाने उन्हें दिया गया था।

एक दोपहर जब वे अपना नाम याद करने की कोशिश कर रहे थे तो उन्होंने अपने साथ यात्रा करने वाली लड़कियों से पूछा था (जब से वे जागे थे तब से कन्याएँ उसी गाड़ी में नहीं थी) उनके नाम के बारे में,

"क्या तुम लोग मेरा नाम जानती हो शुभे? मुझे लगता है कि मैं वह भी भूल गया हूँ,"

"मम्म... अ... नू..." इरा हड़बड़ाई, किन्तु जल्दी से नादिया ने सम्भाल लिया, "नू... अह... अह," उसने कृत्रिम रूप से खाँसा।

"नू? नूंह?" मनु ने पूछा।

“ऐं...अ नहीं... नूह... हाँ यही तो, तुम्हारा नाम नूह है। शायद उन ग्रामीणों ने हमें यही बताया था। वे उस बिच्छू का इलाज नहीं जानते थे जिसने आपको काटा था और इसीलिए हमें आपको हमारे साथ लाना पड़ा। हमें जल्दी थी... जब हम कसेरुमान पहुंचेंगे तो आपकी उचित दवा शुरू की जाएगी। आप पूर्णतः ठीक हो जाएँगे और धीरे-धीरे अपनी याद्‌दाश्त भी हासिल कर लेंगे।” नादिया ने जल्दी से कहा।

II

लगभग पंद्रह दिनों तक निर्जन इलाके की यात्रा के बाद कारवाँ कसेरुमान की सीमा तक पहुंच गया, और शीघ्र ही वे लोग शम्बरासुर के विश्व विख्यात पत्थर के किले के परकोटे में से होते हुए भीतर प्रवेश कर गए।

विशिष्ट बन्दी को सावधानीपूर्वक सुरक्षित उतारा गया। एक अर्ध-तंद्रित, निहत्थे और असहाय मानव-राज मनु को असुर राजकुमारी किसी बेशकीमती सामान की तरह अपने कब्जे में करके जो ले आई थी!

महीनों बाद अपनी बेटी को वापस देखने पर शम्बर को बहुत खुशी हुई। वह विस्तार से उससे बात करने के लिए उत्सुक था, लेकिन लड़की चुपचाप अपने निजी कक्ष में प्रवेश कर गई थी... सभी बातें नादिया के कहने के लिए छोड़कर।

नादिया ने असुरराज को आदि से अंत तक सब कुछ बताया - अब तक की जितनी कहानी हम जानते हैं।

सब कुछ जानने के बाद क्या शम्बर क्रोधित हुआ, या क्या उसने मानव-राज मनु के प्रति अपनी पुत्री के मोह का अनुमोदन किया, या क्या वह मानवों द्वारा अपेक्षित प्रतिशोध के बारे में चिंतित हुआ, या लड़कियों द्वारा नियोजित और निष्पादित किए गए छल की कल्पना से हैरान हुआ, यह कहा नहीं जा सकता। क्योंकि उसने कुछ नहीं कहा, नादिया के माध्यम से पूरी कहानी सुनने के बाद कई बार सिर हिलाते मौन रह गया!

फिर कुछ देर बाद उसने कहा,

"जो कुछ भी हुआ, सो हुआ। उसे समझाने या मना करने से कोई फायदा नहीं... मैं जानता हूँ, अच्छी तरह जानता हूँ - यह हमारे खून में है| कहीं की परेशानी कहीं से उठा कर खुद अपने गले बाँध लेना - बस, बात यही है| खैर, अब जाओ और इरा से कहो कल सुबह मेरे पास आए।"

III

अगली सुबह इरा अपने पिता के सामने आकर चुपचाप खड़ी हो गई। वह अपनी कारगुजारी के प्रति असुरराज की प्रतिक्रिया जानती थी - नादिया ने उसे सब कुछ बता दिया था| फिर भी वह समय पर उसके कक्ष में उपस्थित हो गई क्योंकि निडर होकर अपने खुद के गलत ही सही) कृत्यों का सामना करना सर्वप्रथम असुर लक्षण था!

असुर, मानवों या आदित्यों की तुलना में पूरी तरह से अलग थे। उन्हें अपने कृत्यों को परखने या तौलने की आदत कतई नहीं थी। उनके समाज ने कभी किसी के निर्देशों, नैतिकता के मूल्यों या सदाचार के

नियमों को नहीं जाना और न माना था। वे यह जानने के लिए जीते आए थे कि वे क्या चाहते हैं - बस!

शम्बर ने खुद अपनी पत्नी (इरा की माँ) से यह जाने बिना जबरन शादी की थी कि वह क्या चाहती थी। यही इरा के खून में था। मनस्वी मानव-राज को वह चाहती थी, तो उन्हें उसका होना ही होगा - बस! इसके परे सोचने के लिए इरा के पास कुछ था ही नहीं|

लाड़ली पुत्री ने जो कुछ भी बताया जा सकता था, अपने पिता को बताया। शम्बर ने धैर्य से सुना। फिर उसने एक गहरी साँस ली और कहा,

"हम्म। मैं खूब जानता हूँ। हम ऐसे ही हैं। जब हमें एक चीज चाहिए, तो बस चाहिए... तुम्हें क्या कहूँ जब मैं खुद... खैर। वैसे क्या ही अच्छा होता कि तुम बाणासुर से विवाह करती और खुशी-खुशी घर बसाती! पर नहीं ...आसान राह चुनना हमारी फितरत ही नहीं! हमेशा से ऐसा ही होता रहा है - जब हम आराम से जीने लगते हैं और शांति से रह रहे होते हैं, तो स्वयं परेशानी की तलाश करते हैं... और कहीं दूर से ढूँढ कर ले ही आते है! हमारा इतिहास ऐसे कई उदाहरणों से भरा हुआ है।

अब ये मनहूस मानव... जो भगवान जाने कहाँ से आए हैं... ईश्वर उन्हें नर्क में भेजे)... मैंने आज तक ऐसे किसी समुदाय के बारे में नहीं सुना। और जैसा कि तुम बता रही हो, वे काफी बलशाली लगते हैं – तो मुझे उम्मीद नहीं है कि वे अपने नेता के खोने पर चुपचाप बैठेंगे।"

अब इरा घबराई, "ओह लेकिन पिताजी, मैं... हम... मैंने और नादिया ने यह ख़ास तौर पर सुनिश्चित किया है कि..."

“शान्त रहो लड़की... डरो नहीं, झल्लाओ नहीं। तुम्हें चिंता करने की जरूरत नहीं। मैं, तुम्हारा पिता महान शम्बरासुर ऐसे मामलों की देखभाल करने के लिए अभी जीवित हूँ। इसलिए मेरे बच्चे, तुम निश्चिन्त रहो। अपने मनु... नूह या वो जो भी है चूल्हे में जाए उसका नाम), उसे तैयार करो| उसके लोगों की तरफ से किसी भी मुसीबत के आने से पहले, यानि जल्दी से जल्दी यह शादी हो जानी चाहिए।"

इरा को उसकी चिंताओं से निफराम कर शम्बर ने पूरे प्रकरण के बारे में फिर से सोचा।

‘हम्म, अच्छा है... कुछ बुरा नहीं... श्राद्धदेव मनु - महान नरेश सूर्य का पुत्र आर्यावर्त का राजकुमार! बेशक मैं जानता हूँ... उसके पिता को भी अच्छी तरह जानता हूँ। अगर वह मेरा दामाद होगा तो आदित्यों के पक्ष से असुर कुल आश्वस्त रहेगा! क्योंकि सूर्य और शक्र परम मित्र थे और इस तरह से हनें शक्र की निकटता मिल जाना फायदेमंद रहेगा| यहाँ तक कि हो सकता है मदासुर के समय से चली आई सदियों पुरानी प्रतिद्वंद्विता भी समाप्त हो जाए! हम्म... अच्छा काम किया है लड़कियों ने... मेरी बेटी अपनी पसंद में उत्कृष्ट रही है!'

शम्बर वास्तव में मुस्कुरा रहा था।

लेकिन एक समस्या थी जिससे उन्हें जल्द ही सामना होने की संभावना थी - मानव। ये लोग कौन थे जो मनु के नेतृत्व में रह रहे थे? वे स्वभाव से कैसे थे? कितना था उनका दल-बल? उसने उनके बारे में कभी नहीं सुना था। क्या कोई ऐसा व्यक्ति था जिसने ब्रह्मावर्त की गहरी यात्रा की हो? नहीं, एकबारगी कोई नाम दिमाग में नहीं आया|

उसने फिर सोचा, ये लोग अचानक कहाँ से प्रकट हो गए थे? अब तक कहाँ थे? उस अजीब जगह का अजनबी सा नाम... मनावी... या

मानाकी... क्या था? इस हिमालयी गाँव के बारे में किसने सुना था...? हिमालय? हाँ! बाणासुर तो! बाणासुर हिमालय के किनारे होता हुआ आया था... उसे कुछ तो पता होगा ही। शम्बर ने बाणासुर को तुरंत अपने कक्ष में बुलवाया।

IV

अब तक बाणासुर ने दामस से पूरा का पूरा किस्सा सुन लिया था। उसे अपनी फूटी किस्मत पर यकीन नहीं हो रहा था – मनु! इतने वर्षों के बाद फिर वही मनु! कभी के छोड़ दिए गए धरातल से इतनी दूर...एक बार फिर आ पहुँचा था वह सब कुछ छीनने के लिए जिसकी बाणासुर को उम्मीद थी...हाय, फिर वही किस्सा, फिर वही कहानी... उसके साथ ही क्यों?

बाणासुर क्रोध और डाह से धुआँ हो रहा था!

वह इरा को चाहता था। उसके लिए उसने अपनी 'असुर-राज बाणासुर' की पूर्व गरिमा को भी त्याग दिया था! वह शम्बर के एक साधारण सेनानायक के रूप में बड़ी विनम्रता से रह रहा था क्योंकि वह किसी दिन असुरकुमारी से विवाह करने का स्वप्न देखता रहा था|

इरा से विवाह अनिवार्य रूप से उसे सिंहासन का उत्तराधिकारी बना ही देता, जिससे सब कुछ उसके पास स्वतः आ जाता। और आज, जब वह अपने लक्ष्य को प्राप्त करने के लगभग करीब था, यह धृष्ट मनु अचानक प्रकट हो गया... और किसे उड़ा ले चला? इरा को? उसकी, बाणासुर की अपनी एकमात्र आकांक्षा इरा को! उसने ऐसा सोचा भी कैसे! और शम्बर? उसे क्या हुआ था... वह कैसे अपने राज्य के प्रति बाण के योगदान की इतनी आसानी से अव्हेलना कर गया... इरा को मनु को अपने वर-रूप में चुनने की स्वीकृति दे कर?

गुस्से से पागल बाणासुर ने अपने होंठ चबाये... उन सभी को इसके लिए भुगतना होगा! हर एक को!

शम्बर के बुला भेजने पर वह उसके परामर्श कक्ष में पहुँचा। उसने मनु, मानव और मनाली की सम्पूर्ण कहानी शम्बर को सुनाई। मनु और मानवों के इतिहास की जानकारी होने के बाद शम्बर ने समझा - उनके राज्य पर तो खतरा मंडरा रहा था!

"इसका मतलब है," उसने कहा, "कि हमने अपने खिलाफ आदित्य, मरुत और वसुओं के सम्मिलित क्रोध को आमंत्रित किया है। सप्तऋषियों की मदद लिए बिना भी वे हमें खोजने में देर नहीं लगाएँगे। मैं अच्छी तरह जानता हूँ नौवें आदित्य सविता की खोजकर्ता होने की प्रतिष्ठा को - उसके पास वैश्विक भूगोल का अद्भुत ज्ञान है, और उसके लिए बिना किसी मदद के भी कसेरुमान का सरल मार्ग खोजना संभव है। मैं कहता हूँ बाणासुर कि हमें अब तैयार रहना होगा... हालांकि हम हर कीमत पर युद्ध से बचने की कोशिश करेंगे, लेकिन सम्भावना है कि एक और आदित्य-असुर युद्ध दुबारा हो!”

“बिल्कुल हमारे महान असुरराज। यदि अनुमति दें तो मैं एक युद्ध शिविर बनाना चाहता हूँ - उन्हें बीच रास्ते में रोकने के लिए एक मजबूत पत्थर का गढ़... असुर छावनी। इससे पहले कि वे हमारी नगर सीमा तक पहुँच सकें मैं उन्हें रोक लूँगा... बेहतर होगा आप इसे मुझ पर छोड़ दें।” बाण ने कहा और नजर फिरा कर चला गया - भीतर संचित क्रोध से उसकी आँखें अंगार के समान धधक रही थीं।

‘भाड़ में जाए असुर-राज! मेरे पास अपने लोग हैं... मनु के आदमियों से निपटने के लिए मैं अपनी खुद की फ़ौज खड़ी करूँगा! अलग छावनी तैयार करके मैं पहले उनसे निपटूँगा और बाद में इस कायर शम्बर

को उसी के आदमियों के हाथों बन्दी बना कर कसेरुमान पर राज्य करूँगा,' अपनी क्रोधाग्नि में जलता बाण सोच रहा था।

शम्बरासुर ने अपनी आधी सेना बाणासुर को दे कर उन्हें पत्थर के गढ़ के बाहरी इलाके में छावनी बनाने की आज्ञा दी - इस निर्देश के साथ कि आगन्तुक मानवों के साथ मैत्री का बर्ताव किया जाए, जिससे मुख्य किले तक पहुँचते पहुँचते उनका क्रोध शान्त हो जाए। किन्तु सेना बाणासुर के कहे अनुसार युद्ध की तैयारियों में व्यस्त हो गई। वे दुश्मन को रोकने के लिए विशालकाय चट्टानें खड़ी करके एक सुदृढ़ चौकी का निर्माण कर रहे थे, जिस पर चढ़ कर वे शस्त्र प्रहार करते।

अब जबकि वह मानवों के सारे किस्से को जान गया था, शम्बर अपनी बेटी के काम से बहुत खुश नहीं था... होता भी कैसे? विश्व प्रसिद्ध आदित्य प्रमुख शक्र के सेनानियों के सामने रण में टिक पाना क्या सरल था? हरगिज नहीं! तिस पर बहादुर वसु और प्रबल प्रतापी मरुद्गण भी... कितना खतरनाक होगा अगर ये सभी असुरों के खिलाफ एक साथ लड़ें! ऐसी लड़ाई का कोई फायदा नहीं जहाँ विजय की गुंजाईश ही न हो| तो फिर अब क्या? शायद नादिया की जहरीले कीट वाली कहानी मददगार साबित हो...

अध्याय 2

बन्धन

I

इरा विचारों में घिरी बैठी थी।

उसे और नादिया को भी) मनु (अब नूह) से विवाह कर पाने का कोई सरल और सफल तरीका या बहाना नहीं मिल सका। उन्हें कुछ अच्छा सोचने की जरूरत थी, क्योंकि इन दिनों की स्मृति मनु को बाद में बने रहने की पूरी सम्भावना थी| इसलिए सब कुछ निश्छल और तर्कसंगत दिखना बहुत आवश्यक था।

एक राजकुमारी से किसी अजनबी की शादी आखिर किन परिस्थितियों में हो सकती है?

दोनों लड़कियाँ सोच रही थीं,

“स्वयंवर? हाँ! स्वयंवर के बारे में क्या ख्याल है? बेहद पारम्परिक और सरल तरीका। मैं उन्हें विशेष रूप से रखी गई सभा में मौजूद सभी लोगों के सामने वर लूँगी... वह चकित तो होंगे, लेकिन मना नहीं कर पाएँगे। हम उन्हें मना करने का मौका ही नहीं देंगे। क्या कहती हो?” इरा को तरीका सूझ गया।

"बढ़िया। यह ठीक वैसे ही काम करेगा जैसा हम चाहते हैं। लेकिन हाँ, हमें यह सुनिश्चित करना होगा कि वे सभा में आएँ...”

“बिल्कुल, वो तुम मुझ पर छोड़ दो - मैं उन्हें ले आऊँगी,”

“... मगर ध्यान रखना कि होने वाली सभा के कारण की जानकारी आर्य मनु को न हो - अन्यथा वह नहीं आएँगे। और हाँ, एक और एहतियात रखना कि उन्हें पता नहीं होना चाहिए कि हमारी असुर परम्पराओं के अनुसार नियत मुहूर्त में कन्या का वर के गले में माला डाल देना विवाह करने के लिए काफी है। हमें अपने काम के लिए इस तथ्य का उपयोग करना होगा।”

"अ...हाँ? मगर...क्यों? कैसे?"

"देखो, वो अगर तुम्हारे विचारों के बारे में कुछ नहीं जानते तभी तुम उन्हें चुन पाओगी न... उन्हें पता नहीं लगना चाहिए कि तुम वास्तव में उनसे विवाह कर रही हो। याद रखो कि हमें आर्य मनु को तब तक अंधेरे में रखना है जब तक वो तुम पर पूरी तरह से विश्वास करने लगें।”

“ऊँह... और मैं यह कैसे करूँगी? यह सोचा है तुमने? विवाह न हुआ अनावश्यक रहस्यों की कोई पहेली हुई,” राजकुमारी विवाह छुपाने के अनाकर्षक विचार पर चिढ़ गई।

"फिलहाल वही समझो! बस उनसे कहो कि यह कोई असल शादी नहीं है, केवल एक जरूरी घोषणा का अंश है और कुछ नहीं..."

"ओह...। लेकिन क्यों?" इरा ने पाँव पटके|

"क्योंकि जब बाद में उन्हें पता चलेगा कि उनकी सहमति के बिना, उनके साथ धोखे से शादी की गई तो छः महीनों के बाद पूर्ण अनुक्रम को सही ठहराना तुम्हारे लिए मुश्किल होगा, समझीं?" समझदार सहेली ने कहा|

“हम्म...ठीक है| हाँ, ठीक ही है... यदि तुम कहती हो तो,” इरा ने कंधे उचका दिए।

“...तो अब सुनो - हम उन्हें तुम्हारे पिता के माध्यम से सभा में आमंत्रित करेंगे। तुम जब इतने सारे लोगों के सामने उसे माला डालोगी, तो उसकी शिष्टता उसे कदम पीछे नहीं खींचने देगी। इस सब के स्पष्टीकरण के तौर पर हम कोई छोटा-बड़ा कारण फिर ढूँढ लेंगे!” नादिया ने सुझाव दिया।

"ठीक... ठीक! बहुत अच्छे... यही सही रहेगा। तो तुम अभी इसी वक्त पिताजी के पास जाओ और उनसे कहो कि वे उपयुक्त मुहूर्त मिलने पर अगले सप्ताह किसी भी दिन मेरे स्वयंवर की घोषणा कर दें। अगले हफ्ते इसलिए क्योंकि आर्य मनु की शारीरिक और मानसिक स्थिति को कम से कम इतना आराम तो चाहिए। मैं खुद भी आज शाम को पिताजी से इस सम्बन्ध में बात करूँगी।”

हे ईश्वर! जिस तरह से दोनों लड़कियाँ अद्‌भुत सटीकता के साथ एक के बाद एक योजनाएँ बना रही थीं, साजिश कर रहीं थीं... ऐसे मासूम चेहरों वाले ऐसे सरल हृदयों में इतना कपट मौजूद होगा यह कौन कह सकता था? किन्तु हाय कामना का दुस्सह्य आवेग! धिक् उन्मत्त आवेश! यह जो न कराये सो थोड़ा!

जब काम जलाता है, तो सरलतम हृदयों से उठती असंयत अग्निज्वाल कितना कुछ लील जाती है कोई जान पाता है भला?

II

कसेरुमान के लोग अपनी राजकुमारी का स्वयंवर देखने के लिए के चौक पर अपनी सम्पूर्ण संख्या में मौजूद थे। मनु (या नूह) भी सभा में उपस्थित थे क्योंकि उनसे अनुरोध किया गया था कि वे असुर-राज शम्बर द्वारा की जाने वाली एक औपचारिक उद्घोषणा में शामिल हों।

मनु को महल के अतिथि कक्ष में ठहराया गया था। एक शाही वैद्य द्वारा उनका निरन्तर 'उपचार' किया जा रहा था। अब तक काफी कमजोर हो चुके मनु को अपनी लगातार आने वाली नींद से कोई राहत नहीं मिली थी, तिस पर उनकी अपनी स्मृति को लेकर चल रही उलझनें हर दिन उन्हें मानसिक रूप से और कमजोर बना रही थी। वह न ठीक से खा रहे थे और न ही आराम कर पा रहे थे।

इरा नियमित रूप से मनु से मिलने आती थी| वे उसे अपनी उपकारकर्ता और एक सौम्य, दयालु मित्र के रूप में जानने लगे थे। लेकिन जब कभी मनु उससे अपनी पहचान पूछने या अपने पूर्व जीवन (जिससे वे पूरी तरह से बेखबर हो चुके थे) के बारे में जानने का प्रयास करते, तो इरा कुछ भी न कहती| वह बस चिंतित आँखों से उन्हें देखती रह जाती - मानो कुछ छुपा रखने की कोशिश कर रही हो। यह बात मनु को आश्चर्य में डाल देती, 'क्या मैं कोई ऐसा अतीत रखता हूँ जो भूल जाने योग्य है?'

इस पर उनका दिल कहता – नहीं, हरगिज नहीं।

उनका हृदय उनसे कहता रहा था कि वे किसी बड़े कार्य, किसी महत् का अंश थे... कि उनके भीतर कुछ दिव्य था... कि हर कहीं कुछ पवित्र और पूज्य स्पंदित हो रहा था... कि कोई उत्साह था जो थका नहीं था, कोई सत्य था जो हारा नहीं था... उनका विश्वास उन्हें निरंतर खींच रहा था... पर कहाँ? आखिर, किस ओर?

राजकुमारी के सभा में आगमन से पहले प्रथानुसार स्वयंवर की कोई घोषणा नहीं की गई थी| क्योंकि योजना के अनुसार मनु को उनके वास्तविक इरादे से अनजान रखा जाना था।

मुहूर्त के पूर्व निर्धारित समय पर इरा सभा में आई। उसकी बेहतरीन पोशाक हीरों से सजी थी... आड़ू के फूलों की सुनहरी तारकशी की कढ़ाई वाली गुलाबी रंग की पोशाक में वह अनिन्द्य असुर-सुन्दरी किस विधाता ने रची थी? उसके सुनहरे बालों की चमक, और उसके गोरे मुख की छाईं से ही तो कसेरुमान के निर्जीव पत्थरों में प्राण थे!

और आज तो इरा कौन से आसमान पर थी कौन जाने - वह मनु को, अपने चिरकाल से तृषित प्रेम को पाने जो जा रही थी। सर्वगुणसम्पन्न, दर्शनीय, अजेय एवं चित्ताकर्षक सूर्यपुत्र मनु की पत्नी होना - इतना सौभाग्य इस धरती पर सभी के लिए तो नहीं होता! इरा अब से उन्हीं मनु की पत्नी होगी। वह कामायनी के समान ही प्रतिष्ठित होगी... और किसी दिन मनु के दिल में भी अपनी जगह बना ही लेगी।

उत्तेजना से उसका दिल काँप रहा था - उसने इतनी खुशी कभी अनुभव नहीं की थी... अतिरेक से उसके होंठ लगातार मुस्कुरा रहे थे, सारे सामजिक बन्धन उस प्रसन्नता को छुपा सकने में विफल हो रहे थे - क्या भाग्य विधाता आज उसी के लिए लिख रहा था?

राजकुमारी एक अन्य परिचारिका के साथ सभा मंडप में आगे आई| परिचारिका के हाथ में वरमाल थी (इरा ने योजना के अनुसार माला को स्वयं नहीं पकड़ा था)। शम्बर और नादिया भी उसके साथ आगे आए, और तीनों से घिरी राजकन्या ने अपनी नजरें आखिर मनु पर टिका

दीं। हृदय में मचलती गुलाबी भावनाओं ने उसके गुलाबी चेहरे के आकर्षण को कई गुना बढ़ा दिया था।

लेकिन जिस व्यक्ति के लिए यह सब प्रपंच था वह अनासक्त, निरपेक्ष भाव से तटस्थ बना था| मनु की आँखों में प्रशंसा अथवा उत्कंठा तो क्या, जिज्ञासा भी नहीं थी! असुर सभा की सम्पूर्ण कार्यवाही को वे असंलग्न बने देख रहे थे - निर्विकार, निष्कम्प। 'इस विचित्र विश्व में हर दिन कहीं न कहीं कोई उत्सव और समारोह होते ही रहते हैं', उन्होंने सोचा होगा।

असुरकुमारी सीधे मनु की ओर चली, जो पहली पंक्ति में बैठे थे|

...और इससे पहले कि वह समझ पाते कि उनके साथ क्या हो रहा है, इरा ने उनके कण्ठ में माला डाल दी! समग्र भीड़ उमड़ पड़ी, "नूह!"... "नूह! नूह! ..... "

शम्बर पहले कुछ हैरान हुआ, वह घड़ी भर झिझका, किन्तु तुरन्त सम्भल कर उसने पहले अपनी पुत्री का आलिंगन किया और फिर मनु को भुजाओं में भर लिया|

'इस सबका क्या अर्थ है? दैव! क्या हो रहा है?'

इतने ही में मनु ने देखा - शम्बर ने एक हाथ में मनु की बाँह पकड़ ली और दूसरी में अपनी बेटी की... फिर दोनों हाथों को ऊपर उठाकर उसने उच्च स्वर से घोषणा की, "यह मेरी इकलौती पुत्री का इच्छित पति नूह है। मैं इसे आज से अपना पुत्र घोषित करता हूँ और अपने सिंहासन का उत्तराधिकारी भी बनाता हूँ। इसलिए लोगों आओ, हम सभी कसेरुमान में नूह का स्वागत करें..."

उपद्रवी असुर प्रसन्नता से गर्जना करने लगे। अपने राजा की घोषणाओं पर प्रसन्नता व्यक्त करते हुए वे चिल्ला-चिल्लाकर अपना हर्ष जताने लगे। इस हो-हल्ले के बीच फँसे मनु अचरज में पड़ गए। वह मूक थे - चकित अवाक् - जैसे एक बुरे स्वप्न से दूसरे बदतर स्वप्न में चले जा रहे हों...

अध्याय 3
कसेरुमान में मनु

I

उस शाम इरा और मनु को पत्थर के महल के एक नए, सजे धजे कक्ष में ले जाया गया। यहाँ काँच के शमादानों में रंगीन मोमबत्तियाँ जल रही थीं, और उमंग से भरे सुगंधित फूलों के विशाल फूलदान सलीके से खड़े थे।

पहले से ही मनोवैज्ञानिक अनियमितताओं से जूझ रहे व्यक्ति के लिए नगर चौक पर अभी अभी सम्पन्न हुआ समारोह अत्यधिक उलझन भरा साबित हुआ।

भले ही उनकी बुद्धि उनके पूर्ण नियंत्रण में नहीं थी पर फिर भी वह मनु थे - नश्वर लोगों में सर्वश्रेष्ठ| उन्हें एहसास हो रहा था कि उनके आसपास कुछ गलत घट रहा है... मानो उनके इर्द-गिर्द किसी बवन्डर का केन्द्र बन रहा था... किसी विश्वासघाती छल का गठन हो रहा था। उन्होंने अपने मस्तिष्क पर दबाव डाला ... कुछ याद करने के लिए, कुछ समझने की कोशिश करने के लिए। मगर बेसूद! कोई फायदा न हुआ।

और इरा?

उसकी ख़ुशी की तो आज कोई सीमा नहीं। उसने जिसे चाहा था, उसे हासिल किया था। लगातार इतने दिनों की दारुण पीड़ा के बाद

आखिरकार आज उसे उसका फल मिला था। वह अब से सूर्यपुत्र मनु की पत्नी थी। मनु... वही मनु जो मनुष्यों के नायक और जीवन का गौरव थे, वही मनु जो हर लड़की के सपनों का पुरुष थे... युवा, सुंदर, दर्शनीय और कमनीय मानव-राज मनु आज ईरा के पति रूप में उसके साथ थे।

आज मनु उसके पति और उसके पिता के राज्य के उत्तराधिकारी के रूप में घोषित हुए थे| और वे उसके कक्ष में उसके साथ बैठे थे - भाग्य विधाता इससे अधिक और क्या दे सकता था? 'वह अब हमेशा उनके साथ ही रहेगी', इरा ने सोचा| उसने उत्सुकता से अपनी जीत के बेशकीमती इनाम मनु को देखा, जो खोए बैठ थे। वह थके हुए लग रहे थे, और चिंतित भी।

"आर्... अ... नूह, क्या आप खुश नहीं?"

"खुश? तुम... पहले मुझे यह बताओ कि आज वहाँ क्या हो रहा था?"

"ऐसा कुछ भी नहीं जो अजीब या असामान्य हो| क्यों?"

"शुभे, मेरे प्रश्न का उत्तर..."

असुरकन्या ने बहुत ही लापरवाही से जवाब देने की कोशिश की, "मेरे पिता कसेरुमान के इस विशाल राज्य के उत्तराधिकारी की तलाश में थे क्योंकि उनका कोई बेटा नहीं है। और पिताजी यहाँ के किसी भी असुर को इतना पसंद नहीं करते कि इस योग्य समझें। लेकिन जब आप आए तो आप उन्हें अच्छे लगे। इसीलिए उन्होंने आपको अपनी प्रजा के अगले शासक के रूप में चुना... यही तो हुआ, उन्होंने यही घोषित किया न?"

"क्या वास्तव में? पर क्यों? और... और अचानक..." मनु ने अपने कण्ठ में पड़ी माला की ओर इशारा किया," यह?"

“ओ हाँ... ये हमारी परम्परा है। यदि किसी अजनबी या गैर-असुर को हमारा राजा बनाना हो, तो उसे समुदाय के किसी व्यक्ति से विवाह करना होगा। तब पिताजी ने मुझे आपके लिए एक उपयुक्त असुर दुल्हन खोजने का कार्य सौंपा। और मैं... मुझे लगा कि मैं ...मैं ही आसपास की ठीक ठाक सी युवती थी। तो..."

"लेकिन कम से कम मुझसे तो पूछना चाहिए था... तुम्हें ऐसा नहीं लगा? और वैसे भी, वारिस को चुनने के लिए इतनी तत्परता अभी क्यों?”

“हाँ, मुझे आपसे पूछना तो अवश्य चाहिए था। लेकिन आपकी हालत को देखते हुए मुझे नहीं लगा कि मुझे आपको कोई तनाव देना चाहिए... और घोषणाएँ इंतजार नहीं कर सकती थी नूह, क्योंकि... क्योंकि...” इरा उत्तर खोज रही थी, और प्रश्न तौल रही थी।

"घोषणा? तो क्या यह स्वयंवर..."

"....बिलकुल नहीं था। वास्तव में यह सभा एक घोषणा और उसके सार्वजनिक समर्थन का अवसर था जिसे तुरन्त जारी किया जाना हमारी जरूरत थी," उसने जल्दी से कहा क्योंकि वह और तेजी से नहीं सोच पाई।

"ओ हाँ? लेकिन ऐसा क्यों करना पड़ा... ऐसी क्या विवशता थी?" मनु ने आगे पूछा - क्योंकि उन्हें अभी भी कोई कारण समझ नहीं आ पाया था।

इरा अचकचाई, किन्तु बात सम्भालने के लिए फिर उसने कहा, “अ हाँ... मैं आपको अवश्य बताऊँगी। क्या था कि शाही ज्योतिषी ने पिछले सप्ताह ही हमें एक आसन्न संग्राम का पूर्वाभास दिया था। ग्रहों की स्तिथि कुछ ऐसी ही दिख रही थी... और इसलिए हमें तुरंत एक

उत्तराधिकारी की आवश्यकता थी| हमारे यहाँ राजा को युद्ध के मैदान में जाने से पहले अपना उत्तराधिकारी घोषित करने का रिवाज है। किन्तु पिताजी अपने मौजूदा सेनानायकों में से किसी को भी इस जिम्मेदारी के लायक नहीं समझते। वे सब बहुत लापरवाह और मूर्ख हैं। ऐसे में आप यहाँ आए... और आप... आप सबसे अलग हैं - असाधारण। वह क्या... हम सभी आपको इस भूमिका के लिए पसंद करने लगे हैं। तो अब आप देखते हैं न, यह सब जल्द ही घोषित किया जाना कितना जरूरी था। लेकिन खैर, अभी के लिए आपको यह सब भूल जाना चाहिए... ये तो ऐसे मुद्दे हैं जो अभी कुछ महत्व नहीं रखते। आपको उचित आराम करना चाहिए और अपना ध्यान रखना चाहिए। लगता है कि ज़हर बहुत खतरनाक था..." इरा ने बातचीत को किसी तरह घुमाया!

हतप्रभ बैठे मनु कुछ आश्वस्त हुए, कुछ चकित, और कुछ शंकित!

II

दो सुबहें और आईं और चली गईं|

कसेरुमान का नव-विवाहित राजसी जोड़ा परेशान था। मनु इसलिए, क्योंकि वह उन परिस्थितियों को स्वीकार नहीं कर पा रहे थे जो उनके सामने प्रस्तुत की जा रही थीं। उन्होंने अपनी शारीरिक शक्ति तो किसी सीमा तक पा ली थी, लेकिन संदेहास्पद घटनाओं के अचानक मोड़ पर दिए गए अजीबोगरीब स्पष्टीकरणों से उनका मानसिक आन्दोलन और भ्रम बढ़ सा गया था। सभी कुछ विचित्र था - अस्पष्ट और असामान्य।

अपने हृदय की भावनाओं को, अपने मस्तिष्क की तरंगों को सह-संबद्ध करने की कोशिश में वे जूझते रहते| दिन भर इसी उथल-पुथल में (शम्बर के आदमियों द्वारा छिपकर पीछा किए जाते हुए) पृथ्वी के

सर्वश्रेष्ठ मनुष्य सूर्यपुत्र श्राद्धदेव मनु असुरों के पाषाण महल के प्रांगण में निरुद्द्येश्य भटकते रहते।

उनके अन्दर लगातार संघर्ष चल रहा था – बुद्धि में कुछ भी स्पष्ट नहीं था किन्तु मन कहता था कि इस पूरी व्यवस्था में कहीं कुछ गलत अवश्य था। चीजें वैसी नहीं थीं जैसी दिखाई गई थीं। उनका तेज दिमाग महसूस कर सकता था अपने गौरवशाली अतीत के चिन्हों को - जिसके बिम्ब उनकी लुप्त स्मृति-धारा में निरन्तर तैर रहे थे| उस सबल प्रवाह में कुछ जीवन्त था जो पुनरुत्थान के लिए संघर्ष कर रहा था। पर वह क्या था?

अपने फलहीन प्रयासों से वे बहुत क्षुब्ध थे| नतीजतन इरा सहित घर के सभी लोगों से बचने के लिए वह खुद को सबसे दूर ही रखते| खासकर जब से उनकी शादी की घोषणा की गई थी, तब से इरा को तो जानबूझकर टालते रहे थे।

अपने सभी प्रयासों के बावजूद राजकुमारी इरा हताश थी, क्योंकि उसका प्रिय अभी भी उसका नहीं था। योजनाएँ गढ़ते और साजिश रचते हुए उसने क्या कुछ सोचा था? कम से कम यह तो नहीं...! उन्हें पा लेना उतना आसान और सरल नहीं था जितनी उसने कल्पना की थी। यहाँ तो उसके लिए एक और ही परीक्षा शुरू हो गई थी - किसी से प्रेम करना, उसके करीब होना, उसे नजरों के सामने देख पाना... और दिल का ऐंठ कर रह जाना जब वह खाली आँखों से किसी अतीत को पुकारता बैठा रहे!

इरा ने एक सुदर्शन, सबल और समर्थ महानायक मनु से प्रेम किया था जो सभी प्राणियों का ध्यानाकर्षण केन्द्र थे - वह मनु जो शक्ति और सामर्थ्य का प्रतीक थे। वह मानव-राज जो अपनी और अन्य

लोगों की भी समस्त क्षमताओं के स्वतः प्रभारी थे। वह उस अद्भुत छवि से प्यार करती थी, जिसमें खींच लाने का अदम्य आकर्षण था... एक ही नजर में जीवन भर बाँध सकने का प्रभाव था।

वह उनकी बाँहों के दीर्घ और सुदृढ़ आलिंगन में घिरना चाहती थी, उसे प्रेम करने और मनु से प्रेम पाने का सौभाग्य चाहिए था... अपने सिर को उनके सबल वक्ष पर टिका सकने का स्पृहणीय सौभाग्य - वैसे ही जैसे उसने कामायनी को करते देखा था।

यह भ्रमित, शंकित, असहज और व्याकुल मानव-राज मनु वह व्यक्ति नहीं था जिसकी उसने कल्पना की थी। इरा ने कभी भी मनु को इस प्रकार पराजित देखने की उम्मीद नहीं की थी - वह टूट रही थी, और एक शाम उसने नादिया से स्वीकार किया,

"नादिया, सब मेरी गलती है। देखो न, ...उन्हें इस तरह देखने से अच्छा था कि अभागी इरा मर जाती! शब्दों से परे है नादिया, कितना दर्द होता है... वो संघर्ष कर रहे हैं, ओह इतना संघर्ष! मैं अकेली इस सबके लिए जिम्मेदार हूँ... उनकी घुटन देखती हूँ तो अपने होने पर शर्मिंदा हो उठती हूँ... मुझे ऐसा नहीं करना चाहिए था न... सच कहना? मुझे नहीं करना चाहिए था!" उसके नील नयनों से बड़े बड़े आँसू लुढ़कने लगे, "तुम... तुम्हें पता है कि मैं उन्हें इतना दर्द देकर कैसा महसूस करती हूँ? मैं मर जाऊँगी नादिया... मैं मैं...नहीं जानती थी कि उन्हें ऐसे देखूँगी... मैं ओह! अब मैं क्या करूं? बोलो न, क्या करूँ? मेरी अच्छी नादिया, ऐसा कुछ तो बताओ जो मैं कर सकती हूँ, मुझे करना ही होगा! नहीं तो मैं पागल हो जाऊँगी... सुनती हो? इतने दिनों में वो एक बार भी मुस्कुराए तक नहीं! सब मेरे कारण..."

"सम्भालो इरा! ...बस करो मेरी अच्छी रानी!" नादिया ने उसके आँसू पोंछे, "...बस करो!" उसने कोमलता से कहा, "यहाँ बैठो... ठीक| और अब मेरी बात सुनो..." उसने समझाया, "जरा कल्पना करो इरा, एक ऐसी स्थिति की - जहाँ तुम्हें अपने जीवन का केवल एक दिन याद नहीं है। जैसे मान लेते हैं, कल। तुम्हारे दिमाग में कल किए किसी काम या कही गई किसी बात की कोई स्मृति नहीं है। और फिर अचानक एक अजनबी कहीं से आ कर कहता है कि तुमने कल उससे शादी की थी... तुम्हें कैसा लगेगा? बताओ मुझे?"

"क्या? ऊँह, मैं कभी न मानूँगी... क्यों मानूँ? अ...ओह!" इरा ने अब समझा| सिर उठाकर उसने सहेली की ओर देखा...

"बिल्कुल।" नादिया ने कहा, "यह कोई आसान स्थिति नहीं है। उसे थोड़ा समय दो। तुम उससे जो चाह रही हो वह एक झटके में नहीं होने वाला है... यह तुम्हारे भी धैर्य और प्रेम का परीक्षण है। यही तुम्हारी भूमिका है। तुम्हारे पास यही मौका है - उसे आराम दो, उसके भीतरी तूफानों को शान्त करने में उसकी मदद करो, उसके एकांत को बेधो , उससे दोस्ती करो... तब शायद तुम उसे अपने करीब ला सकती हो। याद रखो इरा, वह मनु है - देवताओं और मनुष्यों में सर्वश्रेष्ठ। वह बेहद बुद्धिमान, सतर्क और समर्थ व्यक्ति है। तुम या मैं उसकी भावनाओं को अपने अनुसार ढाल नहीं सकते और न ही उसके मन में फेर बदल कर सकते हैं... हम अधिक से अधिक उसकी बुद्धि को भ्रमित कर सकते थे जो हम कर चुके हैं।"

अध्याय 4

कठिनाइयाँ

I

इरा मनु के कक्ष में उनके सामने रखी गद्दी पर आकर बैठ गई। मनु पलंग पर बैठे थे। कसेरुमान पर्वतीय क्षेत्र की ठंडी बर्फीली हवाओं ने कोने में रखी आग प्रज्ज्वलित होने के बाद कक्ष को छोड़ दिया था। लपट बढ़ रही थी, और सुहानी गर्मी भी|

आज इरा ने भोजन करने के बाद उनके टहलने जाने से पहले ही उन्हें रोक लिया था। सर्दियों की सर्द शाम ठंढी रात में ढलने लगी थी, असुरकन्या के हृदय-देश की ही तरह|

इरा अपनी बड़ी-बड़ी गोल आंखों के कोरों से मनु को देख रही थी।

अब तक उसने उनकी दोस्ती तो अर्जित कर ली थी, इतनी कि जब भी वे साथ होते मनु भागने निकलने का प्रयास नहीं करते। वे उसे एक समवयस्क मित्र के रूप में जानने लगे थे और यदा-कदा अपने भ्रमों और उलझनों को साझा भी करने लगे थे|

इरा उनकी बात सुनती और मदद करने का प्रयास दिखाती, लेकिन सशंक-सतर्क रहती - उन्हें उन यादों की झलकियों के और करीब न जाने देती। वह उनसे बात करने की कोशिश करती रहती, अपनी उपस्थिति में उनका ध्यान कई अन्य चीजों में लगाये रहती - मौसम से शुरू होकर वहाँ के लोगों, असुर रीति-रिवाजों, प्रथाओं,

किस्से-कहानियों और कसेरुमान में दिन-प्रतिदिन होने वाली घटनाओं, अपने खुद के व्यक्तित्व और इस प्रकार उन्हें तल्लीन रखती। लेकिन क्या वह सफल हो पाती थी?

मनु सदय भाव से सुनते और कभी हौले से मुस्कुरा भी देते| इरा के लिए इतना तो बहुत था!

आज वे उसके आग्रह पर एक स्थानीय मेले में घूमने के लिए गए थे| उमंग में इरा ने अपने लिए कुछ आभूषण उठा लिए थे। उसने मनु को अपने लिए खरीदारी करने में दिलचस्पी दिलाने की नाकाम कोशिश भी की थी।

उनके विवाह को अब कुछ तीस दिन से ज्यादा हो चुके थे और वह अभी भी अपने पति के निष्ठुर ध्यान को तरस रही थी!

कमरे की तेज़ सुनहरी रोशनी में उसने मनु पर एक चोर नज़र डाली... उनका सुन्दर चेहरा बहुत आकर्षक लग रहा था...

"नूह,"

“हम्म?” मनु ने अपनी सामान्य प्रतिक्रिया दी।

वह आग के सामने बैठे थे, और आग की लपटों के जीवंत रंग उनके चेहरे पर खेल रहे थे... मंत्रमुग्ध कर देने वाला रूप उतर रहा था, और इसका असर इरा के युवती ह्रदय पर पड़ा।

“इन बालियों को तो देखो नूह... जिन्हें मैंने आज खरीदा था। भला बताओ, मुझ पर कैसी लगती हैं?” बालियों को अपने कानों के पास पकड़ कर वह इठलाई|

"हाँ, अच्छी तो है," उन्होंने बिन देखे ही कह दिया|

"नूह..," इरा अपनी कुर्सी से उठी|

वह उनके सामने घुटने टेक कर फर्श पर बैठ गई, "क्या तुम कभी, एक बार भी मेरी तरफ देखोगे नहीं?" उसके स्वर में निवेदन था और आँखों में लालसा...

स्वर की वेदना सुन कर मनु ने देखा... रमणी के सुनहरे बाल उसके कंधों पर तिरछे फैल रहे थे, उसका मुख अधीर हो रहा था, आग से गहराए मर्मभेदी रंगों की जगमगाहट उसके नील नयनों में खेल रही थी... उन्होंने ने देखा तो उसकी नीली आँखों से आँसू ढरकने लगे।

आज मनु ने पहली बार इरा को देखा| वह कहाँ जानते थे? कहाँ समझे थे, कि एक दिल था जो हर पल तड़प रहा था, कि आँखें थीं जो हर दिन लालसा से छलक रही थीं... उन्हें कहाँ पता था, कि उनके आकर्षण की प्रबलता निर्बल असुर रमणी पर कितनी भारी पड़ रही थी? वे कुछ नहीं जानते थे, किन्तु कितना कुछ घट रहा था उनके आस पास!

जो दिख रहा था वह छद्म था| और जो नहीं दिख रहा था, वही सत्य था... किन्तु वह था क्या? घबरा कर उन्होंनें आँखें बन्द कर लीं!

श्राद्धदेव मनु के अन्तस् में कहीं एक परिचित राग बज उठा...

बंद आँखों से मनु ने एक सपना देखा। उन्होंनें एक झलक देखी - लाल किनारी वाली एक स्वच्छ साड़ी की, स्फटिक से उजले माथे पर सजी गहरी लाल बिंदी की, एक पुष्प - एक सफेद कमल की... और श्वेत चाँदनी में सराबोर एक पर्वत पथ की...

मनु के हृदय ने पहचाना| उनके होंठ पुकार देने के लिए खुले - किन्तु स्वर नहीं निकला| उनके हाथ रोकने के लिए उठे - किन्तु कोई नहीं रुका|

असुर राजकन्या के साथ बैठे मनु अभी पल भर पहले उभर आई उलझनों, प्रश्नों, प्रभावों या उत्सुकताओं से उसी क्षण दूर चले गए... वे आकण्ठ उस स्वप्न की निर्मल रसधारा में भीग रहे थे। और उन्होंनें किसी को अपनी ओर आते देखा...कौन?

उन्होंने अपनी आँखें खोलीं, इरा उनके मुख की ओर ताक रही थी|

श्राद्धदेव ने देखा और बोल उठे, "वह तुम नहीं हो... नहीं, तुम नहीं," उठ कर वे तेज कदमों से बाहर चले गए|

छलकती चाँदनी में भीगी रात, निर्जीव अँधेरा बन कर कक्ष में मृत की भान्ति पड़ रही।

अध्याय 5

एक युक्ति

I

अगली सुबह इरा को उसके पिता का सन्देश आया तो उसे थोड़ा भय, थोड़ा आश्चर्य हुआ। 'ओह! यह अवश्य मेरे आर्य मनु के साथ नियमित रूप से सभा में भाग नहीं लेने का परिणाम है। सच तो, पिताजी को हमसे यही उम्मीद होगी, जो कि जायज भी है| पूरा एक महीना बीत चुका है। पर मुझे उन्हें समझाना होगा कि उसे कुछ और समय दिया जाना चाहिए,' वह सोच रही थी।

उसने देखा शम्बर अपने विशाल पत्थर के सिंहासन पर बैठा था। वह बेचैन दिख रहा था। इरा ने बिना सोचे जल्दी जल्दी बोलना शुरू किया,

"पिताजी, मैं बस बता ही रही हूँ... मैं सब समझा सकती हूँ... मेरा नूह निश्चित रूप से आपकी उम्मीदों पर खरा उतरेगा। बस एक बार मैं उसे एहसास दिला दूँ कि यहाँ सब उसे अपने नेता के रूप में प्यार और सम्मान करते हैं, तो मैं कहती हूँ कि वह पूरे जोश के साथ सब सीख लेगा। और वह वास्तव में बहुत, बहुत अच्छा है। आप देखेंगे कि वह खुद को सबसे योग्य साबित करेगा... पर लेकिन आपको हमें कुछ और समय देना होगा...जब वह..."

"इरा, इरा! रुक जाओ बच्चे... हमारे पास इससे भी एक बड़ी समस्या है। उसके लोग - वे उसे ढूँढते आ पहुँचे हैं| वे उसे ले जाने के लिए

किसी भी दिन यहाँ तक आ जाएँगे। अभी कितना आगे आ गए हैं मुझे पता नहीं चला है। मगर अगर मैं सही हूँ जो मैं समझता हूँ कि हूँ ही), तो उनकी चाल किसी लिहाज से धीमे नहीं होगी न की जा सकेगी। भगवान उन कमबख्तों को नरक में फेंक दे, लेकिन फिलहाल वे कसेरुमान आ पहुँचेंगे... हद से हद बीस दिनों में!" असुरराज ने जोर से कहा।

कुछ खानाबदोश चरवाहों से असुरों को यह खबर मिली थी| सिंधु - सरस्वती घाटी के आसपास कहीं घुड़सवारों की एक सशस्त्र सेना को देखा गया था। चरवाहों ने संदेश बाणासुर की चौकी तक पहुँचाया था, और वहाँ से राजा के पास पहुँचा था।

शम्बरासुर आदित्य, मरुत् और वसुओं की सामूहिक सेना से लड़ने के लिए इच्छुक नहीं था - यह आत्मघाती था वह जानता था। वह वैकल्पिक रणनीति सोच रहा था। जीवन में पहली बार एक असुर युद्ध से बचना चाहता था, अब जब कि वह उनकी पृष्ठभूमि के बारे में जान गया था। शम्बर चिंतित था।

इरा काँप गई। उसने अपना सिर झुकाया और रोते हुए बोली, “लेकिन मैं किसी को भी उन्हें दूर नहीं ले जाने दूंगी! किसी भी कीमत पर नहीं!”

“देखो लड़की, मैं जानता हूँ कि तुम क्या महसूस करती हो। लेकिन यही सच है लाड़ली। तुम समझ तो रही हो न कि मुद्दा कितना गंभीर है? मान लो अगर हम लड़के को यहाँ रखते हैं... मतलब नूह यहाँ है और उसके दल का कोई व्यक्ति चोरी से उसे मिलने के लिए आ जाए तो? या वह किले से बाहर जाए और संयोग से कोई उसे मिल जाए तो क्या होगा? हम संभाल नहीं पाएँगे। तो

खैर, मेरा सुझाव है कि तुम्हें और तुम्हारे मनु... या नूह जो भी वो है, उसे कुछ दिनों के लिए ब्रजंत गिरि में स्थानांतरित हो जाना चाहिए।"

नजरें इरा पर टिकाये हुए शम्बर ने अपने हाथ अधीरता से लहराते हुए कहा,"...ईमानदारी से कहूँ तो मैं इस मामले को लेकर अपने खुद के लोगों पर भी भरोसा नहीं कर सकता। हो सकता है कि उनमें से कुछ पहले से ही उसके खिलाफ कुढ़ रहे हों। तो मेरी बच्ची, हम स्थिति को नियंत्रण से बाहर नहीं जाने दे सकते न... तुम कुछ दिनों के लिए उसे यहाँ से दूर ले जाओ और मुझे शांति से सोचने के लिए छोड़ दो। मुझे सारे मामले पर ठंडे दिमाग से सोचने दो। और हाँ, इस बारे में करीबी लोगों को छोड़कर किसी को पता नहीं चलना चाहिए।"

इरा स्तब्ध खड़ी रह गई... सोच नहीं पा रही थी कि क्या कहे। मनु के साथ अपने मेल की योजना गढ़ने में तो वह चतुर साबित हुई थी, लेकिन नतीजे सम्भालने के लिए? वहाँ पर विचारों की कमी थी।

"तो अब जाओ इरा, और अपने सफ़र की तैयारी करो। नादिया को साथ ले जाओ। मुझे क्या करना है मैं तब देखूँगा।" उसके पिता ने कहा।

इरा चलने लगी कि शम्बर ने पीछे से कहा, "नादिया को जरा मेरे पास भेज दो तो..."

II

नादिया सभा कक्ष में शम्बर के समक्ष सिर झुकाए चुपचाप खड़ी थी|

असुर राज ने उसे पूरी कहानी एक बार फिर से सुनाने के लिए कहा था - उस दिन से शुरू कर जब वे मनाली में उतरे थे। उसने सब फिर से सुना - मनु के प्रति लगाव, इरा की हताशा, अपहरण की योजना, निष्पादन और सभी कुछ ध्यान से सुना।

“हम्म... तुम तो नादिया, आखिर बहुत चालाक निकली। लेकिन आगे की सोच में जरा कच्ची साबित हुई... खैर नहीं। अपनी बेटी को जानते हुए मैं तुम्हें दोषी नहीं ठहरा सकता। वह सौम्य तो है, लेकिन अच्छे अनुपात में असुर हठ उसे भी विरासत में मिला है। हम लोग एक बार किसी चीज़ पर नज़र डाल लेते हैं, तो बस डाल ही लेते हैं... फिर या तो वह हमारा होगा या नष्ट होगा! यह नूह या मनु... भाड़ में जाए यह) अगर मर नहीं जाता तो उसका होता!"

"अब मुझे यह बताओ लड़की," उसने कहा, "यह जहर की कहानी जो तुमने गढ़ी है... कितनी सम्भावना है किसी को शक होने की? मेरा मतलब है कि क्या किसी को इसका पता है? या किसी ने कुछ देखा है?”

“नहीं, असुरराज। मेरे और दामस के अलावा किसी को कुछ नहीं पता। और कोई भी हमें नहीं देख सकता था –इस पर भी मुझे पूरा यकीन है।”

"बहुत सही। अच्छा। अब मुझे ध्यान से सुनो, और बताओ कि क्या मैं विश्वसनीय लगता हूँ या नहीं। पहले मैं आदित्यों के लिए एक स्वागत योग्य टुकड़ी भेजूँगा। फिर मैं यहाँ से खुद चलकर बाणासुर की चौकी पर पहुँचूँगा, इस संदेश के साथ कि आपका राजा यहाँ मेरे साथ है। उसे एक खतरनाक बिच्छू या साँप या जो कुछ भी था) ने डंक मारा था...

जिसके बाद मेरे लोगों को उचित इलाज के लिए उसे उठा कर कसेरुमान ले आना पड़ा। आपको इसकी जानकारी नहीं दी जा सकी थी क्योंकि हमारी राजकुमारी उसे इस तरह पड़ा देखकर घबरा गई और जल्दी में निकल आई थी।' कैसा है?"

"उचित है महाराज। हालांकि मुझे ऐसा लगता है यदि हम जोड़ सकते, 'और अब जब वह लगभग ठीक हो गया है, तो हम खुद उसे पूर्ण सम्मान के साथ मनाली वापस भेजने वाले थे। माना कि उसे अभी स्मृतिभ्रम हुआ है, पर वह जल्द ही ठीक हो जाएगा और दरअसल यही कारण है कि हम उसे अब तक वापस नहीं भेज पाए हैं।' तब फिर किसी को कोई संदेह नहीं होगा। बशर्ते कि..."

"हाँ?"

"...बशर्ते कि उन्हें विवाह की बात पता न चले!"

"विवाह!"

"हाँ महाराज| जिस क्षण हम उन्हें इरा के साथ उनकी अचानक हुई शादी के बारे में बताएंगे – तो खासकर शक्र या पृथु बहुत कुछ समझ सकते हैं। क्योंकि संभावना है कि कामायनी ने अपने पति के लिए इरा के प्रेम के बारे में उन्हें सब कुछ बताया हो। "

"हम्म ... मैं समझ रहा हूँ।" शम्बर ने कहा।

उसने कुछ सोच और फिर पूछा, "...और अगर हमारी तरफ से कोई उन्हें इस बारे में न ही बताए तो उन्हें पता कैसे चलेगा?"

"इरा। चूंकि वह उसके साथ रहने पर आमादा है, इसलिए उसे तो बताना होगा। और फिर बेशक इरा मनु को याद दिला कर रहेगी यहाँ जो भी

हुआ है। हालांकि वह अभी पक्के तौर पर नहीं जानता कि वह वास्तव में शादी कर चुका है... मैंने ही इरा को ऐसा एतिहात रखने को कहा था।"

"अच्छा किया| तो अपनी कोशिश को जारी रखो... नूह या मनु या जो भी उस पनौती का बेतुका सा नाम है, उसे अंधेरे में रखना होगा। तुम इरा का ख्याल रखो और मैं बाकी लोगों को सम्भाल लूँगा। अगर मैं हमलावरों को चौकी पर ही रोक लेता हूँ, और आदित्य या मानवों को यहाँ नहीं आने देता... तो किसी को भी असल कहानी का पता नहीं चलेगा। और फिर मैं खुद नूह... मनु के साथ वहाँ जा पहुँचूँगा। यही सही लगता है।"

"मुझे पूर्ण विश्वास है महाराज कि ऐसा ही होगा।" नादिया ने कहा और राजा से बर्खास्तगी के बाद कमरे से चली गई।

उसी शाम इरा, मनु और नादिया (और कुछ अन्य विश्वासपात्र) को ब्रजन्त गिरि पर भेज दिया गया। ब्रजगिरि ठिकाने की ऊंचाइयों को ध्यान में रखते हुए उससे बेहतर एकांत कहीं नहीं था।

शाही वारिस नूह की अशान्त मनस्थिति को बेहतर करने के लिए वैद्य ने यह सलाह दी, कम से कम मनु को यही बताया गया।

अध्याय 6

अन्तिम पड़ाव पर

I

"नहीं नादिया नहीं, यह नहीं होने का!" इरा ने कहा।

वह और उसकी चतुर सहेली बहस करने की कोशिश कर रहे थे। वे शम्बरासुर के निर्देशों के अनुसार ब्रजंत गिरी की ऊँचाइयों पर आ बसे थे। कुछ दिनों पहले यहाँ भीषण बर्फ़बारी हो चुकी थी, लेकिन शाही उत्तराधिकारी के लिए एक सुविधाजनक गर्म आवास तैयार किया गया था।

इरा के गुस्से और असुरक्षा को बढ़ाते हुए चार दिन बीत चुके थे। वह सहेली को यह बताने की कोशिश कर रही थी कि वह किसी भी कीमत पर, कभी भी मनु को मानवों के साथ नहीं जाने दे सकती और उसे साथ लिए बिना तो बिल्कुल नहीं...।

एक बच्चे की तरह वह निरन्तर पैर पटक रही थी और लंबे समय तक (अब स्पष्ट रूप से अनंत काल के लिए) अपनी शादी छुपाए रखने का विरोध कर रही थी!

"अगर मुझे यह तक बताने का कोई तरीका नहीं मिला कि हम अपने रीति-रिवाजों के अनुसार शादी कर चुके हैं तो वह मुझे अपने साथ क्यों ले जाएँगे? क्या तुम नहीं देख सकती, यह अब तक उठाए गए हर कदम

की बर्बादी होगी। और... और तुम यह क्यों नहीं समझती कि वह अब मेरे पति हैं। मैं उनकी पत्नी हूं। मुझे जरूरत है और हक़ भी कि..."

"... क्या तुम रोना बंद करोगी और मेरी आवाज सुनने की कोशिश करोगी?"

"नहीं। मैं नहीं करुँगी। आज तुम मुझे सुनो..! और वही करो जो मैं तुमसे कहती हूँ..." राजकुमारी चिल्लाई।

II

इरा को अपने सपनों के साथी के साथ अनायास मिले एकांत का आनंद लेने के बारे में सोचना था! किन्तु यह उल्लास भी उम्मीद से पहले ही थम गया।

मनु अब बहुत शान्त हो गए थे। वह इरा सहित सभी लोगों से अलग-थलग ही रहा करते थे। अपने जीवन की धुंधली यादों को स्पष्ट करने की उनकी कोशिशें धीरे-धीरे असर कर रही थीं - यद्यपि इससे उनके मस्तिष्क और स्वास्थ्य पर अत्याचार से कम नहीं हो रहा था। लेकिन वह मनु थे, सभी मनुष्यों में सर्वश्रेष्ठ। उनके पास आन्तरिक बल था - एक ऐसा सम्बल जिसने उन्हें हर बार बाधाओं के खिलाफ मजबूत बने रहने के लिए प्रेरित किया| जब जब उनकी परीक्षा की घड़ी आई, उनकी स्वभावगत विशेषताएँ उपयोगी और उनकी ख्याति सत्य सिद्ध हुई।

ब्रजंत गिरि की बर्फीली शांति में खुद को पूरी तरह से सम्भालते हुए वह अपनी स्मृति को प्रबुद्ध करने और अपनी स्वप्न-झलकियों पर भरोसा करने के लिए हर क्षण संघर्ष कर रहे थे। वह किसी के साथ बातचीत से बचने के लिए आस-पास के जंगल में घूमते रहते। इस प्रक्रिया में थक जाने के अलावा वह और कमजोर भी हो रहे थे।

कुछ ही दिनों में सभी मनुष्यों में सर्वश्रेष्ठ, मानवों के प्रथम नरेश, सूर्यपुत्र मनु अतिशय और अनावश्यक रूप से थक चले थे।

III

इरा ने नादिया को एक सफेद वस्त्र और कुछ सफेद फूलों की व्यवस्था करने के लिए कहा था। वह नदी से श्वेत कमल हाथों में लिए मानव-राज (जाहिर है अपनी पत्नी के लिए ही, इरा ने सोच लिया था) के साथ अपनी पहली मुलाकात को याद कर रही थी।

वह मनु को पकड़ लायी थी, किन्तु उन्हें आकर्षित नहीं कर सकी।

अपने इसी अनुदार संकल्प के लिए उसने अब अपना मन बना लिया था... उसके धैर्य ने आखिर जवाब दे दिया था। मनु को वापस ले जाने के लिए मानव बढ़े आ रहे थे... उन्हें इरा से दूर ले जाने के लिए| जल्द ही वह उसकी पहुँच से बहुत दूर हो जाएँगे और वह उन्हें फिर कभी नहीं देख पाएगी...! ऐसा वह किसी भी कीमत पर नहीं होने दे सकती थी... मनु को उसे साथ ले जाना ही होगा...

मनु को अगर कसेरुमान छोड़ना होगा तो वह उनके साथ जाएगी। लेकिन वह उसे क्यों ले जाएँगे, अगर शम्बर की इच्छा के मुताबिक उन्हें इरा के साथ अपनी शादी के बारे में पता ही नहीं होगा? उसके पिता आदित्यों के क्रोध को आमंत्रित करने के डर से शादी का खुलासा करने के लिए तैयार नहीं थे। और मनु जो अब तक एक दोस्त के रूप में उस पर भरोसा कर रहे थे, वह धोखे (शादी के) का पता चलने पर नाराज भी हो सकते हैं। तो इसलिए शादी का खुलासा तो फिलहाल नहीं हो सकता था।

तो अब? सोचने के लिए ज्यादा समय नहीं था। उसे कुछ तो करना था... जल्दी और ठोस।

'अगर,' उसने सोचा, 'अगर... अगर मैं उन्हें... किसी तरह... वो बात हो जाए तो?' विकल्प के रूप में इच्छा आशा बनकर उभरी।

इरा के दिल में पनप रही इच्छा ने उसके अन्तस् तक वार किया था| किन्तु जिससे वह प्यार कर बैठी थी उसने उसे सर्वथा अनदेखा किया था। यहाँ भावनाओं का एक ऐसा मन्थन चल रहा था जिसके तहत वह अनवरत पिस रही थी - चिंता, आशंका, दुःख, पश्चाताप और सब से ऊपर, हताशा में!

इरा एक बड़ी ही साधारण बालिका थी। वह एक औसत असुर कुमारी थी, जो एक असाधारण व्यक्ति से प्रेम कर बैठी थी। वह भावनाओं की ऐसी बारीकियों को सम्भालने में सक्षम नहीं थी। उसकी इच्छा, उसकी तड़प ने अब तक बिना किसी उपलब्धि के पर्याप्त खेल खेला था – किन्तु और सह सकना उसके बस में नहीं था।

इच्छा थी, कि थम नहीं रही थी और आशा थी, कि अब ख़त्म हो रही थी| प्रत्येक विफलता ने लालसा को बढ़ाया था... इतना कि उसका बोझ सह सकने में असमर्थ इरा ने आखिर खुद के लिए एक प्रकरण लिखने का फैसला किया - विश्वासघात, धोखे और छल का प्रकरण!

अध्याय 7

एक रात

I

नादिया ने इरा के निर्देशों के अनुसार सब चीजों की व्यवस्था की। उसने राजकुमारी को पूरे खेल के प्रति आगाह भी किया, क्योंकि उसे नहीं लगता था कि यह बिल्कुल आवश्यक है। 'इसके अन्य तरीके भी हैं जिन पर सोचा जा सकता था', उसने कहा था। साथ ही उसके और अधिक आहत होने का खतरा भी था।

लेकिन इरा! बच्चों जैसी, जिद्दी और असंयत इरा! वह और उसकी अदम्य इच्छा!

II

आज की रात बहुत ही गहरी काली थी। मानो खुद उन अंधेरों को लपेटे लाई हो जिसे आज के बाद सारी दुनिया को स्मरण रखना होगा|

मनु ने आज रात विशेष रूप से कम भोजन किया था। नादिया ने कोई तरल पदार्थ उन्हें 'शारीरिक रूप से कमजोर स्थिति में बुखार से बचने के लिए पहाड़ी दवा' के रूप में परोसा था। वह काफी हिस्सा पी गए और विभिन्न प्रभावों के तहत झूमते हुए अपने कमरे में आ कर लेट गए – ये प्रभाव थे शारीरिक कमजोरी, नींद की कमी, मानसिक थकान, और?

और तेज शराब! उस रात उन्हें दवा के तौर पर शराब जो परोसी गई थी!

एक विलक्षण मनुष्य मनु साधारण पुरुषों की तरह अपने कक्ष में निढाल लेटे रहे। कमरे को गर्म रखने के लिए कोने में रखी एक भट्ठी में जली छोटी सी आग रोशनी कर रही थी।

उस रोशनी में अचानक उन्होंनें इरा को अंदर प्रवेश करते देखा... उसने सुर्ख लाल पोशाक पहन रखी थी, जो उसके अवयवों की गठन को निखार रही थी... रूप की दोपहरी लौ के भड़कीले रंगों के साथ मिलकर और चढ़ रही थी।

मनु ने देखा, वह जरा सकुचाई, ... मुस्कुराई, आमंत्रण देती आगे बढ़ी।

उनके निकट आकर इरा पाँवों की तरफ बिस्तर पर बैठ गई। मनु निश्चेष्ट!

उसने अपने हाथों से उनका हाथ पकड़ लिया...

"शुभे!" वह उठ बैठे, "तुम... आपको इस समय यहाँ नहीं होना चाहिए।"

"क्यों?" रमणी ने लालसा भरे नेत्र उठाकर प्रश्न किया, "मैं तुम्हारे साथ यहाँ क्यों नहीं रह सकती... क्यों तुम एक बार भी मेरी आँखों में नहीं देखोगे..."

लड़खड़ाते हुए मनु उठकर खड़े हो गए – उन्होंने आश्चर्य से एक नजर डाली... उत्सुक युवती प्रेम निवेदन कर रही थी और उसकी आँखें... उसकी आँखें आमंत्रण दे रही थीं...

पूरे होश में नहीं होने के बावजूद मनु ने झटके से अपना हाथ खींच लिया और दूसरी ओर झुक गए। वह कमरे से बाहर जाने के लिए तत्पर हुए कि इरा ने कहा,

"न, मैं ही जाती हूँ। तुम स्वयं को परेशान मत करो... तुम रुको।" और वह अपने अनमोल बन्दी की तसल्ली के लिए कक्ष से बाहर चली गई।

III

उसी रात मध्याह्न के आसपास...।

घंटे भर पहले हुई गड़बड़ी के कारण मनु को नींद नहीं आ रही थी। उनकी चेतना जागृत थी, लेकिन शरीर शिथिल हो रहा था... तेज शराब का प्रभाव काम कर रहा था। फिर भी उन्होंने जहाँ तक हो सका नींद का विरोध किया - पिछली घटनाओं की विचित्रता पर सोचने की कोशिश करते रहे जिन्हें वे किसी प्रकार जोड़ना चाहते थे - लेकिन जोड़ नहीं पाए थे|

अंत में वह सो ही गए होंगे... तभी एक सपना देखा -

उन्होंने स्वप्न में देखा -

श्वेताम्बरा सुहावनी

पीयूष सिक्त कामिनी

अदोष पाँखुरी सी जो

चन्द्र सी खिली थी वो

रात में उतर रही

थी तेज से संवर रही

प्रकाश से गढ़ी गई

कि फूल से रची गई

रक्त बिन्दु भाल पर

ज्यों काम का हो जाल भर

उतर रही कहाँ मगर

सुनो! ये कौन सी डगर?

....

मनु अपने बिस्तर पर उठ बैठे।

कक्ष में आग बुझ रही थी, और एक छोटी सी खिड़की के खांचे से प्रवेश करती उथली चाँदनी के प्रभाव से बचता फिर रहा अँधेरा काँप रहा था।

श्वेताम्बरा मूर्ति मुस्कुराई,

"आर्यपुत्र!"

"हम्म...? मैं पहचानता हूँ! ...मैं ...मैं तुम्हें जानता हूँ..." सम्मोहित मनु उठे!

"आर्य...!"

मनु ने कदम बढ़ाया,

“आर्यपुत्र!” उसने फिर पुकारा,

“हाँ...पुकारो! मुझे स्मरण है! ...फिर से कहो... कौन हो? किन्तु मुझे याद नहीं है! मैं जनता हूँ..."

“हाँ, आप जानते हैं... आप मुझसे प्रेम जो करते हैं। आपने कहा था, आप मुझे प्यार करते हैं और सदा करेंगे,” वह और करीब आ रही थी...

"हाँ... कहा था..."

"इन सफेद फूलों को देखिये, ये आपको कुछ याद दिलाते हैं..."

"हाँ... दिलाते हैं ..."

IV

इरा जल्दी जाग गई।

उसने मनु के उठने से पहले कक्ष छोड़ने की तैयारी की। फिर भी, उनके आकर्षक चेहरे को देखते हुए बस कुछ पल और ठहर गई|

बड़े प्यार से उसने उनके सोये मुख को निहारा। उसकी बेसब्र आँखें उनकी मनोहर नासिका से होकर उनके स्पृहणीय होंठों पर रुक...।

फिर दृष्टि उनके चौड़े ललाट पर से हो कर उनकी सम्मोहनकारिणी लम्बी पलकों पर खेल गई! उन पलकों में छुपी, अभी सोई हुई उनकी बेधक आँखों के बारे में सोच कर वह रोमांचित हो उठी जो देखने वाले के चारों ओर एक जादू भरा लोक बुन देने में सक्षम थी! वे नेत्र सब कुछ कर सकते थे, सब देख सकते थे, लेकिन उसे देख पाने में नाकाम रहे थे।

मनु बेखबर फ़रिश्ते की तरह सो रहे थे।

इरा ने देखा, सुप्त अवस्था में भी यह पुरुष कितना कमनीय था... उनका सौम्य चेहरा इस समय बिल्कुल शांत और स्थिर लग रहा था| शायद इन साढ़े तीन महीनों में पहली बार वे शान्त दिख रहे थे। काले बालों के छोटे-छोटे छल्ले उनके स्वच्छ ललाट पर बिखर पड़े थे जिन्हें इरा ने उँगलियों से हटा दिया। पहली और शायद आखिरी बार मनु ने उसे ऐसा करने दिया। भाग्य और अधिक दयालु क्या होता!

अब उसे जाना चाहिए, उसने सोचा| एक आखिरी बार उनका हाथ हाथ में ले, उस पर अपने अधर छूकर इरा उस सौभाग्य-कक्ष से बाहर आ गई जिसमें उसने अपने प्रथम परिणय की वह जादू भरी रात बिताई थी।

V

इरा सातवें आसमान पर उड़ रही थी|

दिन चढ़ निकला, और वह अभी उन क्षणों में ही झूम रही थी| इतनी खुश वह कभी नहीं थी। प्रेम क्या है, इसकी अनुभूति का चरम क्या है, जब यह होता है तो शेष सारा संसार अपने सभी सुख-दुखों के साथ भी कैसा नगण्य हो जाता है!

इरा ने पूरा दिन स्मरण में, चिंता में, प्रत्याशा में बिताया। अब से वह कैसे उनका सामना करेगी? क्या उन्हें कुछ याद होगा?

VI

सुबह जागने पर मनु ने रात के एक स्वप्न को याद किया... शायद कहीं एक आशा जगी थी जिसके माध्यम उन्होंनें अपने अतीत में यात्रा की थी - ऐसा उन्हें प्रतीत हुआ। रात के विभिन्न प्रभावों के कारण उस दिन उन्हें उठने में बहुत देर हो गई थी |

आज की सुबह वे तनावमुक्त थे| क्योंकि उन्हें लगा था, स्वप्न में ही सही उनका उनके किसी प्रिय से पुन: मिलन हुआ है... किसी ऐसे प्रिय से जिसे वे दीर्घ काल से प्रेम करते आए थे। स्पष्ट ही, उनका मन वास्तविकता और भ्रम के बीच अंतर को पहचान नहीं सका था - और यह दुष्परिणाम था एक ऐसे व्यक्ति को तेज शराब पिला देने का, जिसे पहले से ही स्मृतिभ्रम हो।

दिन चढ़ता गया और बुद्धिमान मनु पिछली रात की घटनाओं के कुछ अंशों के साथ अपनी स्मृति का सामंजस्य स्थापित करने में लगे थे। उन्होंने याद किया, कि कैसे इरा ने उनके कमरे में प्रवेश किया था... और उन्हें याद आई उसकी अनावश्यक और अनुचित भाव भंगिमा! वह कल्पना मात्र से हिल गए। इरा?

यह सत्य था कि उसने एक मित्र के रूप में उनका साथ दिया था, और उनके लिए बहुत कुछ किया था वह भी ऐसी स्थिति में जब वह पूरी तरह से कमजोर और असहाय थे - यहाँ तक कि शायद वे उसी पर निर्भर रहे थे। मनु ने उसे एक दयालु और हँसमुख लड़की के रूप में जाना था। उन्होंने कसेरुमान की राजकुमारी इरा को उसके बचकाना उत्साह, मिलनसारिता और आशावाद के कारण पसंद भी किया था। किन्तु इससे न कुछ ज्यादा, न कुछ कम।

लेकिन अगर वही इरा इस प्रकार की भावनाएँ हृदय में पाल बैठी थी तो उन्हें लगा उसे तुरंत रोकना चाहिए। क्योंकि वह जानते थे कि वे उससे प्यार नहीं करते... कर भी नहीं सकते। उनकी याददाश्त कमजोर अवश्य हो गई थी लेकिन जीवित थी! स्मृतियों के पास एक समृद्ध कोष था और वह कोष पहले से ही प्रेम की भावना से ओत-प्रोत था... और यह इरा के लिए नहीं था। वह इरा को इस भ्रम के साथ नहीं चलने दे सकते थे, जब कि वह जान गए थे कि बाद में लौटना उसके लिए कितना कठिन होगा।

मनु ने आवश्यकता महसूस की इरा को ऐसे पथ पर बढ़ने से रोकने की जो अवरुद्ध था... लेकिन उससे बात कैसे करें?

संध्या का आगमन हुआ। मनु दोपहर से इरा का इन्तजार कर रहे थे... मगर आज वह मिलती कहाँ! वह तो आज बेपरवाह पवन बनी थी, अपने स्व-निर्मित स्वर्ग के किसी अनदेखे बादल पर बैठ स्वप्न लोक में भटक रही थी जिसका शायद कोई अस्तित्व ही नहीं था। वह खुश थी, लेकिन जानने के लिए उत्सुक भी थी - अब आगे क्या?

अपने रात के रहस्य को केवल अपने तक ही सीमित रखते हुए उसने इस विषय में किसी से बात नहीं की, नादिया से भी नहीं। वह पहले मनु से मिलने का इन्तजार कर रही थी... नादिया रुक सकेगी वह जानती थी।

काफी देर से मनु अपने कक्ष में आए। पूरा दिन उन्होंने अपने निवास के आसपास बंजर इलाके में घूमते बिताया था। भोजन से इनकार करते हुए उन्होंने केवल कुछ सूखे फल और शहद खाकर संतोष किया था।

इरा धीरे-धीरे कमरे में पहुंची... उसने धड़कते दिल से भीतर प्रवेश किया और आँखों को फर्श पर टिकाए मनु के सम्मुख जा कर खड़ी हो गई। इधर मानवों के यशस्वी नरेश भी उतना ही घबराए हुए थे।

वह अपने 'मित्र' के उस अजीब व्यवहार के बाद बातचीत शुरू करने में सकुचा रहे थे। बड़ी मुश्किल से उन्होंने कहा,

"अभिवादन करता हूँ शुभे! आपसे कहना चाहता हूँ... आपको उस समय यहाँ नहीं आना चाहिए था। मुझे ज्ञात है कि यह आपसे बात करने का उचित तरीका नहीं है, किन्तु मुझे लगता है..."

इरा चुप खड़ी रही प्रतिमा की तरह|

"मुझे आपको बताना था कि मुझे पता है... या कम से कम मुझे ऐसा लगता है कि... मुझे पता है..." उन्होंनें फिर कोशिश की।

"क्या... तुम्हें क्या पता है आर्य?" नील नयनों में से फिर आँसू लुढ़कने लगे थे,

"कि... वह सत्य... वह आपके लिए सत्य नहीं है,"

"और? क्या कभी भी मेरे लिए नहीं हो सकता...? "

"....." अपराधी की भान्ति मनु ने नेत्र झुका दिए।

इरा आखिरी बार उनके कक्ष से बाहर निकली। पराजित, हताश, किन्तु दृढ़ कदमों से चलकर वह उस आश्चर्यमय संसार से बाहर आ गई जहाँ फिर कभी उसकी प्रविष्टि नहीं होगी।

VII

वह जी भर कर पूरी रात रोती रही।

जो कुछ भी उसने अपनी चञ्चलता में कर डाला था उसका परिणाम भी सोचा था?

पाने की जिद में उसने परिणाम के किसी पहलू पर गंभीरता से सोचा ही नहीं था| यह उसके दिमाग में आया ही नहीं यह दुःख कैसा दुसह्य होने वाला था... कि वह व्यक्ति उसकी पहचान को भी अस्वीकृत कर दे, जिसके साथ उसने रात बिताई थी।

लेकिन वह ऐसे मामलों को समझती भी थी?

मनु को ही वह कितनी अच्छी तरह से जानती थी?

VIII

पड़ाव के चारों ओर उगे कुछ शंक्वाकार देवदार के ऊंचे पेड़ आसमान को भेदते खड़े थे।

वे मानो प्रतीक चिन्ह बने थे, यह समझाने के लिए कि सीधी राह चलने से ही आकाश को भेदा जा सकता है| सीधे देखने और चलने की आवश्यकता हर किसी को होती है किन्तु इरा यह सबक भूल गई थी!

अगली शाम इरा पर्वत-क्षेत्र की गुनगुनी धूप में पत्थर के नक्काशीदार आसन पर बाहर बैठी थी। उसका चेहरा सुर्ख हो रहा था और आँखें सूजी हुई थीं।

इरा, मनु और नादिया को सुदूर एकांत में रहते हुए एक सप्ताह से अधिक समय हो गया था। पिछले सप्ताह के दौरान यहाँ पड़ी बर्फ ने पूरे दृश्य को सफेद, निष्कलंक आवरण से ढँक दिया था| यह सफेदी हर उस चीज़ की सुंदरता से कहीं अधिक स्वच्छ थी जो दुनिया में सबसे अच्छी और श्वेत थी। किन्तु इरा के दिल में आज तक जो भाव खेलते रहे थे वे ठीक इसके विपरीत थे। आज नई रोशनी में वह इस विसंगति को देख पा रही थी...

उसने सबको धोखा दिया था| मनु को जिसे उसने प्रेम किया, उसे ही एक बेरहम चक्रव्यूह में ला छोड़ा। अपने पिता और समस्त असुर जाति को, जिसे उसने विनाश के कगार पर ला खड़ा किया|

संज्ञाहीन मानव-राज की बाहों में रात बिता कर, उन्हें निर्दयता पूर्वक छल कर उसने कैसे उनकी कोमल भावनाओं का अपमान किया था... अभागी इरा उनके प्रेम के तनिक भर भी लायक थी?

"इरा... हम सामान्य लोग हैं। और हम गलतियाँ भी कर बैठते हैं," नादिया ने नजदीक आ कर उसके सुनहरे सिर को धीरे से सहलाया।

पिछली सुबह से वह चुपचाप सब कुछ देख रही थी| राजकन्या की अंतर्-यात्रा के विभिन्न पड़ाव, उसके हृदय प्रवाह के अनवरत आँसुओं से भीगते तट-बन्ध, पीड़ा और परिताप के उतार चढ़ाव देख रही थी। उसने हस्तक्षेप नहीं किया, वह जानती थी कि इरा को आत्मनिरीक्षण करने की जरूरत है।

राजकुमारी इरा ने उसी वक्त खुद को एक भयंकर स्थिति में, अनर्गल उलझनों के अन्धे भंवर में झोंक दिया था जब उसने शराब, श्वेत कमल और साड़ी कामायनी की पोशाक) के लिए मांग की थी। नादिया जानती थी कि वह क्या करने जा रही थी।

यह उचित नहीं था... हो ही नहीं सकता था। इरा ने एक ऐसा विकल्प सोचा था जो सिर्फ विनाशकारी ही हो सकता था!

शारीरिक आकर्षण के माध्यम से मनु जैसे पुरुषों को कभी नहीं जीता जा सकता। धैर्य और समर्पण से अपने प्रेम की पूजा और प्रतीक्षा करना शायद किसी दिन रंग ले आता... किन्तु! नासमझ इरा के बाल हठ जैसे प्रेम-प्रसंग के लिए हरेक साक्ष्य बहुत दूर की कौड़ी साबित हुआ था।

दो दिन हो रहे थे उस अँधेरी रात को। मनु भी दिन के दौरान कहीं दिखाई नहीं देते थे, और इरा के एकान्तवास के कारण अकेली हुई नादिया धैर्यपूर्वक अपनी सखी के लौट आने का इंतजार कर रही थी। असुर राजकन्या ने किसी से भी बोलचाल बन्द कर दी थी और नादिया इस बात का सम्मान करती थी।

दूसरी शाम असुरकुमारी आखिरकार अपने भीतर के कोलाहल से उबर रही थी। वह ताजा, ठंडी हवा में बैठने के लिए अपने कमरे से बाहर निकली थी। अब उसे नादिया की जरूरत थी।

IX

इरा ने सिर उठा कर नादिया को देखा – बड़े बड़े नील नयनों के चारों ओर पड़े काले घेरों से उसकी मासूमियत बोझिल हो चली थी। उसके रक्तिम गाल रंग से हीन थे... चेहरे की गोलाई घट चली थी। नादिया ने देखा कि वह अचानक बड़ी हो गई थी।

“नादिया, वो मुझसे प्यार नहीं करते। कभी नहीं करेंगे। मैं समझी ही नहीं! ...कैसी मूर्ख थी न मैं सखी! तुम्हें पता है, किस हद तक पहुँच कर अब समझ पाई हूँ कि प्यार क्या होता है, कि प्रेम की भावना कितनी

गहरी होती है। मेरे दिल में, आत्मा में, इस अनन्त विश्व की हर आत्मा में यह है... है, और इतनी गहराई तक है कि कोई भी विकार इसे परिवर्तित नहीं सकता! स्मृतिभ्रम क्या और नशा क्या - आसमान में दूर से चमकते उस सूरज की भी तुलना में भी प्रेम की ज्योति अधिक है। इसे कोई बदल नहीं सकता, और नादिया यही सच है। कई परतों के नीचे छुपे होने पर भी आग दबती है भला? मैंने... मैंने उन्हें पा कर नहीं, खुद को खो कर इस पाठ को ठीक से सीखा है।"

नादिया सुन रही थी, मौन भाव से अश्रुधार झर रही थी।

"मैंने... मैंने सोचा था," इरा ने कहना जारी रखा, "अगर वह अपनी याददाश्त खो देंगे तो अपनी कामायनी को भूल जायेंगे। लेकिन एक पल के लिए भी, नादिया यकीन मानो... क्षण भर के लिए भी वह उनसे दूर नहीं हुई! सोचो तो, उनके हृदय ने हर बार उसी की तस्वीर उन्हें दिखाई! ओह! अपराधिनी इरा सोच भी सकती थी कि प्रेम इतना सुंदर होगा?"

“इरा! उस रात क्या हुआ था? मैं नहीं पूछूंगी यदि तुम...”

"न, मैं ठीक हूँ। शायद पहली बार ठीक हुई हूँ मेरी अच्छी नादिया! इन आँसुओं पर मत जाओ, (नादिया ने उसके आँसू पोंछे) ये तपते मोती हैं... बहने दो| नादिया मैं... मैं यह नहीं कह रही कि मैंने जो किया उसका मुझे पछतावा है। क्योंकि मुझे मालूम है कि मैं और कुछ कर ही नहीं सकती थी।

नादिया, मैं आर्य मनु से प्यार करती हूँ - यही एक बात मेरे बस में है। और तब तक उनसे प्रेम करूँगी जब तक धरती सूर्य की परिक्रमा करती है। लेकिन ये भी सच है कि मुझे और मेरे भाग्य को बदला नहीं जा सकता... मैं तो प्रेम पाने के लायक थी ही नहीं! मैंने... मैंने खुद को

अब देखा है प्रिय सखी! और तब समझ सकी हूँ, मैं तो उनके लायक नहीं। होती भी कैसे... मैंने कभी पवित्रता को नहीं देखा, उन भावनाओं की गहराई को नहीं जाना जो हर उस साफ दिल में मौजूद है, जो किसी से प्रेम करता है। मैं सच कैसे देखती?" उसने कहा।

"लेकिन अब देख पा रही हूँ... उस एक रात में मैंने बहुत कुछ हासिल कर लिया है और उतना ही खो भी दिया है... नादिया, आर्य मनु ने मेरे जीवन को एक सच्चा अर्थ दिया जब उन्होंने मुझे अपनी बाहों में भरा... और जब मैंने उन्हें छला तो मैंने हर एक अधिकार खो दिया।

न रानी... मैं अब मरूँगी नहीं, मैं जीवित रहूँगी। क्योंकि यह... सच्चे प्रेम का यही एहसास मुझे जिलाएगा। सुनती हो नादिया, मैंने जाना है... मैं समझ गई हूँ... समझ गई हूँ कि प्रेम एक पवित्र शक्ति है... एक तप है जो जितना जलता है, उतना कञ्चन हो जाता है! यह प्राण नहीं लेता - प्राण लेता है मनुष्य का दर्प, प्राण लेती है अनादृत वासना! नादिया, ओह मेरी अच्छी नादिया! मैं कैसी लड़खड़ा गई न..."

एक बार फिर असुर राजनंदिनी अपनी बचपन की विश्वस्त सखी के कन्धों पर गिर कर टूट कर रोई| नादिया के सहज और चैतन्य आलिंगन में सांत्वना पाकर मानो उसने खुद को उन सभी दर्दों से छुटकारा दिलाने का एक और प्रयास किया जो उसकी कोमल, बोझिल आत्मा पर भार बन रहे थे।

फिर साहसपूर्वक उसने उस घटनाक्रम का विवरण नादिया को बताया जो उस विलक्षण रात को ब्रजंत गिरि पर घटा था। नादिया चुपचाप सुनती रही और अपनी छोटी, अन-निमिष आँखों से निकलते हुए आँसुओं को पीती रही...

दोनों लड़कियों ने एक-दूसरे से अपना दर्द बाँट कर दिल हल्का किया।

खंड IV

प्रेम कहानी के बाद

अध्याय 1
सीमा के पार

I

नादिया पिता द्वारा इरा को भेजा गया एक पत्र पढ़ कर उसे सुना रही थी, "... और नूह के लोग बाणासुर की छावनी में हमारे चौकी तक लगभग पहुँच चुके हैं। दुर्धुष पराक्रमी शक्र के नेतृत्व में बारह आदित्य भी उनके साथ चढ़े आ रहे हैं। पूरी सेना संभवतः 3-4 दिनों में वहाँ पहुँच जाएगी। हमें हमारे दूतों द्वारा बाण की छावनी से भेजे गए ड्रम सिग्नल ढोल द्वारा सन्देश) मिले हैं। यही उम्मीद मैं भी कर रहा था, लेकिन इतनी जल्दी नहीं। खैर, अब मैं उनका आदमी वापस उनके हवाले करने की तैयारी कर रहा हूँ और इसीलिए तुम्हें वहाँ से तुरंत महल लौटना चाहिए। इस संबंध में मैं कहे देता हूँ, तुम्हें रियायत मिलने की कोई गुन्जाईश नहीं है - इसलिए एक ही बार में चली आओ।"

राजा के आदेश पर वापस लौटने के लिए चालक दल तुरन्त प्रस्तुत हो गया।

II

एक पखवाड़े में सब कुछ बदल गया था। इरा, मनु, बाणासुर और असुरराज शम्बर का जीवन पूरी तरह से, हमेशा के लिए अप्रत्याशित रूप से बदल गया था।

इरा बदल गई थी... वह पूर्व की स्वेच्छाचारी, लापरवाह और जिद्दी असुर राजकुमारी से एक शान्त और समझदार लड़की में बदल रही थी, जिसने प्रेम के वास्तविक आदर्शों का अभी अभी परिचय पाया था।

ब्रजंत गिरि की उस अनोखी रात ने मनु के विश्वास को एक बार फिर से उनके अंतःकरण में स्थापित कर दिया था। उन्हें अपने लुप्त अतीत का पुनः आश्वासन और उसकी उपस्थिति की एक झलक प्राप्त हुई, जो अंततः उनकी खोई हुई स्मृति को वापस आने के लिए प्रेरित करने वाली थी। लेकिन हाँ, कहीं एक पीड़ा सी व्याप रही थी - ब्रजंत गिरि के प्रवास के दौरान किसी अनाधिकार क्षेत्र में प्रवेश कर जाने का संताप। यह उस रात से सम्बद्ध था जिस रात उन्होंनें दो लोगों को अपने कमरे और अपने विचारों में प्रवेश करते देखा था। एक थी इरा और दूसरी? वो क्या था - एक और मतिभ्रम?

बाणासुर ने अपने मनहूस दोहरे अपराधी मनु के कारण फिर से सब कुछ, यहाँ तक कि अपनी हर उम्मीद खो दी थी। असुरों की मुख्यधारा से निकलकर वह अब उस निरर्थक हमले की तैयारी करने में व्यस्त था जिसका एक ही अन्त संभव था| कसेरुमान क्षेत्र के बाहरी इलाके में वह एक और पत्थर की दीवार बना रहा था, जो अंततः उसके जीवन की रक्षा के लिए बहुत कमजोर साबित हुई।

शम्बर ने अपने मन की शान्ति और अपनी प्यारी बेटी की मुस्कान खो दी थी – जो दुनिया में उसके लिए सबसे कीमती थी। यहाँ तक कि वह लगभग अपने राज्य, अपने लोगों और अपने प्राणों को भी खो देने के कगार पर खड़ा था|

III

प्रस्तर-महल के असुरों को बाणासुर की ओर से खबर भेजे जाने का इंतजार था। एक दिन ऐसा हुआ भी - खबर आई|

बाणासुर, अड़ियल और मूर्ख असुर बाण ने विद्रोह कर दिया था। उसने अपने राजा के आदेशों की अवहेलना की थी - जबकि उसे कूटनीति और शांति का प्रयोग करने के लिए कहा गया था!

मानवों के प्रति उसके अनर्गल गुस्से ने उसे यह सोच सकने में असमर्थ कर दिया कि वह मानवों की अभ्यस्त सेना के सामने टिक भी सकता है या नहीं! कसेरुमान की पहाड़ियों में अपने दोषियों की तलाश करते हुए मानव दल और आदित्यों की सम्मिलित सेना अपने गन्तव्य पर शीघ्र पहुँच गई|

निर्बुद्धि बाण ने अपने मुट्ठी भर असुरों के साथ उनके खिलाफ लड़ाई लड़ी... परिणाम वही हुआ जो होना तय था।

वह कुछ ही समय में आदित्य प्रमुख शक्र के हाथों अपना बेकार जीवन गंवा बैठा। शेष असुरों (जो जीवित रहे) को उनके प्राण रक्षा की प्रार्थना करने पर न्यायी शक्र ने जीवनदान दिया। उन रक्षित असुरों से आगे के लिए दिशा-निर्देश लेते हुए, मानव और आदित्यों का रक्षण दल अपने अगले लक्ष्य, शम्बर के पत्थर के महल की ओर बढ़ चला - जहाँ उनके प्रिय नायक मनु को बन्दी रखा गया था।

शम्बरासुर के लिए उसके मुख्य सेनापति बाणासुर का अंत उतना चिंताजनक नहीं था, जितना इस बात को सुनिश्चित करना कि आगे युद्ध न हो| शम्बर अपने पूर्व परिचित विरोधियों और उनके बल के विषय में इतनी अच्छी तरह से जानता था – पृथ्वी पर ऐसा कौन था जो

वसुओं, मरुतों, (जिन्हें अब सामूहिक रूप से मानव गण के रूप में जाना जाता था) या आदित्यों का सामर्थ्य नहीं जानता?

IV

कसेरुमान के आकाश में बादल छाए थे। अस्ताचलगामी आकाश की गुलाबी छटा को पीले, धूसर बादलों ने ढक लिया था| चारों दिशाओं में मौन पसरा था|

आदित्य-असुर युद्ध को हमेशा अशुभ माना जाता था। इसमें करोड़ों की जान चली जाती और टनों संपत्ति बर्बाद हो जाया करती थी। असुरों ने अपनी लापरवाही में कई बार इसी कारण अपने जीवन को बर्बाद किया था| नतीजतन वे पहले से ही लुप्त होने के कगार पर थे, तिस पर प्रलयकालीन बाढ़ ने नुकसान को और बढ़ा दिया था। शम्बर इस बची खुची असुर सभ्यता के और अधिक अपव्यय का जोखिम नहीं उठा सकता था।

असुर-राज अपने गढ़ की छत पर खड़ा अपने नगर का पत्थर का विशाल परकोटा देख रहा था। उसकी दृष्टि अपने महल के ऊँचे भवनों पर फिर गई। वे अद्भुत संरचनाएँ थीं और अभेद्य लग रही थीं। लेकिन शक्र के पत्थर को धुल बना देने वाले वज्र के सामने वे क्या थीं? और वायु और पवन के अदम्य चक्र के प्रहार के सामने वे क्या थीं? या पृथु का या पूषा के जगत प्रसिद्ध गदा के सामने? या अग्नि के सामने, जिसकी महा भयंकर मिसाइलों अग्नि बाण) को कोई विफल नहीं कर सकता था?

यदि युद्ध हुआ, तो यह विशाल पत्थर का किला केवल एक टीला भर रह जाएगा वह जानता था।

फिर वे इस पूरी तरह अनावश्यक अनर्थकारी युद्ध से बच भी जाते, तो संख्या में पहले से ही कम बच रहे असुरों को संख्या में दोहरे आंकड़े पार करने के लिए संघर्ष करना पड़ सकता था। क्या व्यर्थ बर्बादी होगी... जबकि यह सब थोड़ी सी चतुराई से रोका जा सकता था।

इन सभी विचारों ने शम्बर को उसकी जाति के आचरण के विपरीत, स्थिर दिमाग से सोचने के लिए मजबूर किया। केवल अपने स्वार्थ, अपने घमण्ड के लिए वह अपने नागरिकों के जीवन के साथ खिलवाड़ नहीं कर सकता था| और फिर दोष तो उसकी अपनी बेटी का था जिसने एक मूर्खतापूर्ण गलती कर दी थी? उसे समझना चाहिए था... आदित्यों के परम मित्र चक्रवर्ती सम्राट सूर्य के पुत्र को अपहरण कर उठा लाना कोई बालिकाओं का खेल नहीं था!

शम्बर ने नादिया, दामस और दो अन्य योग्य सलाहकारों को अपने निजी कक्ष में बुलाया। उन्होंने लंबे समय तक मौजूदा हालात के हर संभावित पहलू पर विस्तार से चर्चा की। व्यापक बैठक आखिर एक निष्कर्ष पर पहुंचने के बाद समाप्त हुई।

नादिया ने इरा के कक्ष में आ कर उससे संपर्क किया,

"हम आर्य मनु को वापस करने जा रहे हैं।" उसने कहा, "अब से कुछ ही देर में मैं, दामस और आपके पिता महाराज उन्हें मानवों के पास ले जाने के लिए निकल रहे हैं। बाणासुर ने जो कुछ किया है उसके बाद हमारे पास कोई चारा नहीं है। यदि हम आर्य मनु को तुरन्त महल से दूर नहीं ले जाते, तो इस बात की पूरी सम्भावना है कि हम बदतर हालात में फँस जाएँ। एक जोखिम यह भी है कि तुम्हें कुछ कठिन सवालों के जवाब देने के लिए बुलाया जाए... और हम यह नहीं चाहते| है न...? तो इसलिए

हमने जो फैसला किया है, वो यह देखते हुए... इरा, तुम सुन रही हो न?"

इरा ने खाली आँखों से उसकी ओर देखा, "हाँ। मैंने सब सुना। तुमने कहा कि तुम लोग मनु को वापस मानवों, कामायनी और हिमालय को सौंप देने वाले हो। मनाली... वही जगह है उनकी। यही सही है... उन्हें ले जाओ... जाने दो उन्हें! उन्हें जाना ही चाहिए... और खुश रहना चाहिए... हमेशा... अपने लोगों, अपनी कामायनी और अपनी मातृभूमि के पास... उन्हें सदा खुश रहना चाहिए। मेरा क्या... मैं रहूँ, न रहूँ... मैं कोई नहीं, उनके लिए मैं कोई नहीं हूँ... और कभी हो भी नहीं सकती। लेकिन नहीं! मैं जीऊँगी नादिया... उनके बिना भी जीऊँगी... हाँ, उनके प्रेम के लिए, उन्हें प्रेम करते रहने के लिए जीऊँगी..."

नादिया की छोटी-छोटी समझदार आँखें भीग उठीं| उसने राजकुमारी से पूछा कि क्या वह मनु को आखिरी बार देखना या उनसे बात करना चाहेगी?

इरा ने सुनहरे बालों वाला सिर हिला कर इन्कार किया।

अध्याय 2

पुनर्मिलन

I

बड़ी आसानी से बाणासुर का अन्त करने के बाद अब शक्र और शेष घुड़सवार कसेरुमान साम्राज्य की परिधि के निकट आ पहुँचने की जल्दी में थे। उन्हें यह तो पता था कि वे सही रास्ते पर हैं। असुर शिविर के दुस्साहस के कारण उनका क्रोध और भी कई गुना बढ़ चुका था। उनके प्रिय मनु का अपहरण करने के बाद इन दुष्टों ने लड़ने की भी हिम्मत दिखाई थी? हद की थी!

उत्तेजित दल के चुस्त घोड़े विनाश के उन बादलों की तरह उड़े आ रहे थे, जो अब गरज कर बरसना ही चाहते थे। और उन पर सवार योद्धाओं की तो बात ही क्या - वे आग के गोलों की तरह सुलग रहे थे!

अचानक धाता और सविता - इन दो अग्रदूत सवारों ने जो कि मुख्य खोजकर्ता भी थे, रुकने का इशारा किया। वे हाथ उठा कर समूह को रुकने का संकेत दे रहे थे – लगाम खींच कर वे चिल्लाए,

"आर्य शक्र, वह देखिए...!"

"... क्या है धाता?"

“आर्य मनु हैं। कुछ असुर सवारों के साथ मैं उन्हें आते हुए देख रहा हूँ... सामने कुछ दूरी पर वे लोग दिखाई दे रहे हैं..."

सभी सवार धीमे हो गए। वास्तव में सामने कुछ लोगों के साथ मनु को आते हुए सभी ने देखा।

शक्र, पृथु, वायु और अन्य प्रमुख सदस्यों ने सबको रुक कर इंतजार करने को कहा। वे अस्त्र शस्त्रों से लैस हो कर अपने अप्रत्याशित शत्रुओं (असुरों) से युद्ध के लिए तैयार थे... लेकिन दूसरी ओर वहाँ कोई सेना ही नहीं दिखाई दी? और मनु ? क्या वह बंदी थे...?

नहीं, उन्होंने स्पष्ट देखा कि वह किसी बन्धन में नहीं थे। तो फिर उन्हें देख कर भी पहचान क्यों नहीं रहे थे? उनके आकार-व्यवहार में कुछ अजीब था... मनु मूर्तिवत क्यों खड़े थे?

वे हैरान थे!

आदित्य और मानव समुदाय के अन्य सभी सदस्यों को नमस्कार करते हुए, शम्बरासुर ने अभिवादन किया, "नमस्कार आर्य शक्र| मैं कसेरुमान के इस शांतिपूर्ण राज्य में आप सभी का स्वागत करता हूँ। मेरा मानना है कि आप सभी आर्यगण काफी दूरी से यात्रा कर रहे हैं। मैं आपको हमारा आतिथ्य ग्रहण करने के लिए आमंत्रित करता हूँ..."

"अभिवादन शम्बरासुर। हम यहाँ तुम्हारे मेहमान नहीं हैं," शक्र ने गरज कर कहा, "हमें तुमसे तुम्हारी पूरी कथा सुननी है... शुरू से अंत तक, अभी! और यहीं!" वह चिल्लाये|

असुरराज के साथ मनु को छोड़ कर केवल पाँच लोग और थे| ये सैन्य-दस्ता नहीं था, और क्रोध से सुलगते बचाव दल के सदस्य यह देख कर कुछ शान्त तो अवश्य हुए थे|

"आर्य शक्र, मैं यहाँ इसीलिए आया हूँ। लेकिन पहले मैं आपको इस सच से अवगत करा दूँ कि हम आपके माननीय मनु के साथ यहाँ आए हैं,

और जैसा कि आप खुद देख सकते हैं कि उनका स्वास्थ्य कुछ बहुत अच्छा नहीं हैं। तो उनकी खातिर क्या हम निकट की छावनी में इकट्ठे हो हकर बातचीत कर सकते हैं?"

आश्चर्य चकित आदित्यों और मानवों ने देखा - एक सादी सी दीख पड़ने वाली लड़की, हाँ यह नादिया थी... उसके साथ मनु तथा तीन निहत्थे असुर और थे। किन्तु मनु... उनके साथ कुछ तो बात थी। वह बहुत तनाव में और क्षीणकाय हो रहे थे - वो अश्व पर सवार खड़े थे। लेकिन उनका चेहरा, उनके भाव? निरपेक्ष!

मनु ने अपने ही लोगों को पहचाना नहीं था। क्यों? कैसे? वह उन्हें एक आशा भरी नजर से अवश्य देख रहे थे, ...स्पष्ट रूप से उत्सुक भी लगे थे... लेकिन पहचान क्यों नहीं रहे थे? शक्र, पृथु, सोम, वायु... किसी को भी नहीं?

II

कसेरुमान नगर के बाहर बाणासुर की चौकी पर मौजूद छावनी की नगण्य सुख-सुविधाओं के बीच बैठे दोनों दल नादिया और दामस द्वारा सुनाई जा रही पूरी कहानी समझाने के लिए बैठे थे।

आदित्यों को बताया गया, कि कैसे एक विषैले बिच्छू ने उस दिन मनु को डंक मार दिया था, जिससे उनके शरीर में जहर फैल जाने की आशंका थी। फिर कैसे दर्द से परेशान मनु को दामस ने अपने शिविर में ला कर उनकी मदद की। उपलब्ध दवाओं से उन्होंने उनका उपचार भी किया, लेकिन फिर मनु के बेहोश होने पर विष को बहुत तेजी से काम करते जानकर सभी घबरा गए थे।

ऐसे में उनके जीवन की रक्षा के लिए उनकी राजकुमारी उन्हें लेकर तुरन्त कसेरुमान के लिए रवाना हो गई जहाँ दंश के लिए उचित दवा उपलब्ध थी... और घबराहट में मानवों को सूचित करना भूल गई।

मानवों को बताया गया था कि कैसे उनकी राजकुमारी इरा ने बीमार मानव-राज का ख्याल रखा था, जब उसने जहर के प्रभाव और इसके इलाज के फलस्वरूप अपनी याद्दाश्त खोना शुरू कर दिया था।

दामस ने सुनने वालों की चढ़ी भृकुटी और कठोर हुई मुखाकृति को देखते हुए जल्दी से कहा, "यह प्रभाव हद से हद पांच-छह महीनों तक रहता है, और अब तो केवल दो ही महीने बचे हैं... और आर्य अपना सब कुछ फिर से हासिल कर लेंगे।"

फिर शम्बर ने बताया कि कैसे उन लोगों ने मनु की वास्तविक पहचान छुपाने और उनकी जीवन-रक्षा करने के लिए भरी सभा में 'सिंहासन का वारिस और इरा का भावी पति' होने की घोषणा की थी – क्योंकि वह महाप्रतापी सूर्य और शक्र के बेटे थे, और दोनों को ही असुरों के कट्टर दुश्मन के रूप में जाना जाता था।

"मेरे अपने आदमियों में से किसी ने आपके बारे में सच्चाई जानकर आपको नुकसान पहुँचाया होता तो... आपकी पहचान को गुप्त रखने के लिए यह इरा का आग्रह था। एक बार जब आप बेहतर शारीरिक और मानसिक स्वास्थ्य पा लेते, तो हम आपको वापस अपनी जगह पर सम्मान सहित ले जाने के लिए प्रतिबद्ध थे।" उसने कहा।

नादिया ने आगे कहा, "हमने आपको एक अलग नाम से बुलाने का फैसला भी इसीलिए किया - नूह – यह सब कुछ उसी जोखिम के लिए..."

अब वे आश्वस्त हुए या नहीं यह जानने में किसी को कोई दिलचस्पी नहीं होनी चाहिए, क्योंकि इस सारे वार्तालाप के अंत में मानवों के पास उनके बहुमूल्य नेता सुरक्षित आ गए थे और वे उन्हें अपनी मनाली वापस ले जा रहे थे।

शम्बरासुर और उसके आदमियों ने योद्धाओं के शीघ्र प्रस्थान पर अवश्य सुखद साँस भरी होगी - वे सब भी बिना किसी नुकसान के घर लौट गए| हाँ, उनका मुख्य सेनापति बाणासुर एकमात्र हताहत था, लेकिन उसे रोने वाले राज्य में थे कितने? वे सब बाणासुर के बिना गुजारा कर ही सकते थे!

तो इस तरह आखिरकार पूरा प्रकरण समाप्त हो गया। किन्तु नहीं, शायद।

अध्याय 3
....एक वर्ष बाद

I

मनाली की सुहावनी पर्वत उपत्यका में कामायनी अपने प्रथम पुत्र इक्ष्वाकु को पालने में सोये देख रही थी।

मानवों ने हाल ही में एक पौधे का ऐसा तना खोजा था जिसे वे 'इक्षु' (गन्ने के लिए संस्कृत शब्द) कहते थे - इस तने से पीने योग्य बहुत ही मीठा रस निकाला जा सकता था। यह एक अत्यंत उपयोगी खोज थी। इक्षु की खोज के अवसर का आनन्द दुगुना करने के लिए मानवों ने अपने नायक के नवजात प्रथम पुत्र का नाम इक्ष्वाकु करने का निर्णय लिया था, क्योंकि दोनों ही उनके समाज जीवन को मधुर बनाने के लिए लगभग एक साथ आ पहुँचे थे।

ग्राम मनाली की गम्भीर ऊँचाइयों में गर्मियों के मौसम में उगने वाले वन्य पुष्प लताओं की लहराती कतारों के बीच वासन्ती बयार झूम रही थी। कामायनी एक ऊँचे देवदार के नीचे बैठी थी।

शाम हो चली थी। जल्द ही सूर्य पर्वतराज हिमालय के दूसरी ओर प्रकाश करने चल देगा, और फिर नई सुबह के पुनरुत्थान तक मानवों का प्रथम गाँव मनाली चुपचाप सो जाएगा। डूबते सूरज की लुप्त होती मद्धिम गर्माहट में नहाया दो माह का नन्हा इक्ष्वाकु शांतिपूर्वक अपनी माँ की गोद में सो रहा था।

इतने ही में कामायनी ने मनु को आते देखा... उनकी गरिमामयी छवि को पश्चिमोन्मुखी सूर्य की रश्मियाँ घेर रही थीं। रक्तिम किरणें उनके रूप-वैभव को और स्पष्ट अंकित कर रही थीं, जैसे किसी कुशल मूर्तिकार द्वारा गढ़े गए सौष्ठव को सूर्य देव स्वयं नमन कर रहे हों।

कामायनी ने प्रेम भरी निगाहों से पति को देखा...

किन्तु यह क्या, उनका चेहरा विचलित था। वे अन्यमनस्क लग रहे थे - विचारशील और मौन। निकट आने पर भी जब वे कुछ नहीं बोले तो उसकी आँखों ने उनसे प्रश्न किया... उन्होंनें उसे एक पत्र पकड़ा दिया...

"मानव नरेश आर्य मनु को कसेरुमान की राजकन्या इरा का पत्र।

आर्य मनु नमस्कार।

आर्य, मैं हूँ इरा। अपराधिनी इरा कहूँ तो अधिक युक्त होगा, क्योंकि मैं वही हूँ| अपने सभी गलत कार्यों के लिए सजा से बच निकली एक ऐसी अपराधिनी जिसे दण्ड देने का हक मानवों, आदित्यों, और यहाँ तक कि असुरों को भी है| और ऐसा इसलिए क्योंकि मेरे, नादिया, मेरे पिता और मेरे भावी पति दमनासुर के सिवा कोई कुछ नहीं जानता| पिछले डेढ़ साल के दौरान घटी घटनाओं की असल कहानी अन्य कोई भी नहीं जानता, क्योंकि सब कुछ छुपाया गया था...मेरे लिए, मेरे ही कारण|

किन्तु समय आ गया है आर्य, आपके और आपकी कामायनी के समक्ष अपने अपराधों को स्वीकार करने और असत्यों का खुलासा करने का। आज जब मैं पीछे देखती हूँ तो मुझे ज्ञात होता है कि... मैंने स्वयं खुद

अपने लिए भी अपनी करनी पर विश्वास करना लगभग असंभव बना दिया है!

आपको आज पता चलेगा कि अभागी इरा एक ऐसी असुर कन्या थी, जो हासिल कर लेने की अदम्य इच्छाओं के सिवा जीवन में कुछ न सीख सकी। न सामाजिक जीवन की नैतिक पवित्रताओं को समझी और न ही प्रेम की अद्भुत परम्पराओं को| आपके स्वर्ग से सुन्दर ग्राम मनाली से शुरू कर जिस जाल का ताना बाना मैंने बुना, उस प्रपंच के धागे यहाँ कसेरुमान तक फैले हुए हैं... मैं धोखे और पतन की वही विचित्र दास्तान आपको सुनाना चाहती हूँ। अगर अब नहीं कह पाई तो अनन्त काल तक दोषी बनी रहूँगी जिसे क्षमा कर पाना दुर्भाग्य तक के लिए सम्भव न हो सकेगा।

इसकी शुरुआत उस दिन से हुई जब मैंने पहली बार आपको अर्जिकीया के तट पर देखा था..."

फिर मनाली में जो कुछ भी हुआ था, उसका सिलसिलेवार विवरण इरा ने पत्र में बताया... कैसे वह मनु के प्रति आकर्षित हुई, और कैसे हर दिन कदम दर कदम नीचे गिरती गई – कैसे उन्हें जीत लेने की साजिश रचने लगी।

कामायनी ने सब कुछ पढ़ा - आखिर से अन्त तक। शुरू में अकल्पनीय लगने वाली कहानी की भयावहता में भी प्रत्येक पृष्ठ पर अपरिपक्व उम्र का भोला आकर्षण सामने आ रहा था। इस पत्र के माध्यम से उसने उस अपरिपक्व युवा असुरकन्या को देखा जो इरा थी। और सब कुछ जान कर वह उसे दोष नहीं दे पा रही थी।

पत्र को मनु सीधे कामायनी के पास ले आए थे। वह चुपचाप पढ़ती गई, और फिर उसने ब्रजंत गिरि की उस रात के जटिल प्रकरण को पढ़ा। पत्र में लिखा था,

"...उस एक रात ने मुझे क्या दिया! आर्य मनु, यह मेरे निरर्थक जीवन का एकमात्र वरदान है। उस एक रात ने मुझे एक ऐसा ख़ज़ाना भी दिया है, जो अनुपमेय है, लेकिन मैं उसके योग्य नहीं।

मैं मानती हूँ आर्य, कि मुझे इसे अपने पास रखने का कोई नैतिक अधिकार नहीं है - और इसलिए मैं इसे आपको लौटा रही हूँ। यह बालिका आपकी और आपकी पत्नी कामायनी की है। इस जीवन में मेरा आपको यही अंतिम सन्देश है - फिर कभी आपको मेरा नाम न सुनना होगा| मुझे क्षमा करना आर्य, यदि आप कर सकें... इसी उम्मीद के प्रकाश में मैं जी लूँगी। शेष सब कुछ भूल जाना आर्य मनु, और एक अपरिपक्व, जिद्दी तथा नासमझ असुरकन्या द्वारा किए गए अपराधों को क्षमा कर देना।

हाँ, एक इच्छा अवश्य है जो यदि आज न कहूँ तो फिर न कह पाऊँगी - इस जीवन में तो आपके योग्य न बन सकी, किन्तु किसी और जीवन में बन पाऊँ तो... धरती पर न सही, किसी स्वर्ग में यदि आपसे मिलूँ तो एक बार को मुझे मेरे नाम से 'इरा' कह कर पुकार भर देना! तृषित आत्मा के लिए वही मुक्ति की पुकार होगी|

भूलने योग्य,

इरा|

कामायनी को,

अपनी उंगलियों में शक्ति भर साहस इकट्ठा किए जाने पर भी तुम्हें पत्र मैं कभी नहीं लिख सकती थी। किन्तु तुम्हारे गुणों और अपने भाग्य पर भरोसा करते हुए लिख रही हूँ क्योंकि मैं जानती हूँ कि तुम किसकी प्रिया हो - मनुप्रिया सहृदय न होगी तो दया कहाँ रहेगी!

कामायनी, मैंने न केवल तुम्हारे और तुम सभी लोगों से प्राप्त विश्वास, स्नेह और सत्कार का अपमान किया है, मैंने मनुष्यत्व के साथ भी अन्याय किया है| मैं इस प्रकरण को बहुत सी सीमाओं के परे तक ले जाने की भी दोषी हूँ। जब मैंने अन्याय से तुम्हारे सदाचारी पति को अपने पास पकड़ कर रखा था, तब मुझे इसका एहसास नहीं हुआ। लेकिन अब मैं जान गई हूँ... मुझे पता है कि मैंने अपनी स्त्री होने की शालीनता को कितना नीचे गिराया।

मैं आज तुम्हें उस रात के पूरे प्रकरण के बारे में सब कुछ बताना चाहती हूँ, किन्तु उससे पहले यह जानना तुम्हारा अधिकार है कि एक पल के लिए भी तुम्हारे यशस्वी पति तुमसे दूर नहीं रहे हैं। तब भी नहीं जब वे तुम्हारे धोखे में मुझे अपनी बाहों में ले रहे थे, तब भी नहीं जब मैं उन्हें छल से...

.....कामायनी! सखी! तुमसे सच कहती हूँ कि मैं समझ ही नहीं पाई कि मुझे क्या पागल कर रहा था... वासना या प्रेम। लेकिन आज समझ रही हूँ कि सच्चा प्रेम हृदय में कहाँ रहा करता है... "

पत्र ने इरा के दिल के हर हिस्से को खोल दिया था| उसके पाठक (मनु और कामायनी) अब वास्तव में उसकी पीड़ा का अंदाजा लगा पा रहे थे, उसकी तड़प का जिसने उसे अनैतिक राह पर चलाया था। वे देख पा रहे थे, कि कैसे विशुद्ध प्रेम एक असंयत उन्माद बन सकता है,

विशेषकर उसके लिए जिसने जीवन के अर्थ को गम्भीरता से समझा ही न हो|

यह पत्र इस बात का भी परिचायक था, कि कैसे एक कोमल भावना अपना समस्त सौन्दर्य और आकर्षण खो सकती है यदि वह दिल के बजाय दिमाग को मथने लगे!

इससे व्यक्तिगत ही नहीं, कभी कभी अधिक व्यापक समस्याएँ उठ खड़ी होती हैं जो सारे समाज और सभ्यता के लिए खतरा उत्पन्न कर देती हैं| अनियंत्रित इच्छा से प्रेरित दो हताश लड़कियों द्वारा किए गए स्वार्थ-प्रेरित छल के फलस्वरूप मानव और असुर सभ्यताएँ एक-दूसरे को खत्म करने के कगार पर आ गईं थीं। मनु के प्रति इरा के और इरा के प्रति नादिया के अन्धे प्रेम ने उन्हें यह देखने ही नहीं दिया!

अस्तु, सही समय पर सही सबक सीख लिए गए थे।

इरा ने अपने हठ, और पा लेने की असुर प्रवृत्ति से अलग मनुष्य होने का महत्त्व और अनुशासन सीख लिया था|

“....और अंततः मुझे अपने पिता की बात मान लेने का एक अवसर मिला है! उन्होंने मुझे दामस से विवाह करने का आदेश दिया है। आर्य मनु, मैं इसका पालन करूँगी - अपने असुर सम्प्रदाय के कल्याण के लिए मैं इसका निर्वाह करूँगी| जिस हृदय में आपकी छवि हो, उसके लिए भी किसी कर्तव्य का पालन कहाँ कठिन है?

लेकिन यह बालिका आपकी और आपकी कामायनी की धरोहर है... कामायनी, वह तुम थी जिसे उस रात बाहों में लिया था, वह तुम थी जिसके करीब वे गए थे... इस अपराधिनी के ऐसे भाग कहाँ!

तो इसे रखने का भी मेरा कोई अधिकार नहीं... यह तुम्हारा और मेरे द्‌वारा वहन किया गया आर्य मनु का तेज है।

इरा कहीं नहीं थी - और तुम कामायनी, तुम सब कहीं थी। स्वप्न में, जागृति में, भ्रम में... वह तुमसे कभी दूर थे ही नहीं।

यदि मेरे अस्तित्व का भी कोई मोल हो तो मैं भगवान सर्वशक्तिमान से प्रार्थना करूँगी कि वह इस नील गगन के तले जन्म लेने वाली हर कन्या के लिए ऐसे ही वर का विधान करे।

और आर्य मनु और उनकी कामायनी सदा साथ रहें...

अनन्त तक के लिए, अलविदा|"

कामायनी ने अपने पति की आँखों में देखा। दोनों भीग रही थीं।

"आर्यपुत्र, क्या आप उसे क्षमा करेंगे? उसके लिए जो उसने किया... या शायद उसे करना पड़ा?" कामायनी ने पति से पूछा।

"किसी को भी प्रिये, किसी और के लिए न्याय करने का अधिकार नहीं है।" उन्होंने कहा, "क्योंकि जो कोई जो कुछ भी करता है... उसका परिणाम स्वयं उसे ही भुगतना होता है।"

"लेकिन फिर भी आर्यपुत्र, आपको नहीं लगता कि केवल प्रेम की अपरिपक्व समझ के कारण वह इतनी पीड़ा सहने के लिए बाध्य हुई है... क्या वह इसी योग्य है? वह आपसे प्रेम करती है, और शायद अपने अन्त समय तक आपसे प्रेम करेगी। किसी अन्य पुरुष से विवाह करना जिसे वह प्रेम नहीं कर सकती, यही दण्ड क्या कम था जो वह अपनी सन्तान को भी अपने पास रख सकने में सक्षम नहीं थी! यह अंतहीन पीड़ा, यह अत्याचार क्यों आर्य?"

“कामायनी, हर जीवन की एक नियति होती है| उसके नेतृत्व के प्रति किसे शंका हो सकती है! यह एक ऐसा असाध्य पक्ष है जहाँ चल हम रहे होते हैं, किन्तु डोर कहीं और बंधी है - जो इस रहस्य को जान पाता है वही सही ओर चल पाता है| जो अबोध नहीं जान पाता, अंत में उसके सामने भी सब कुछ आ जाता है – नैतिकता और आदर्शों के मानदण्ड, या संयम और अनुशासन के निर्देश कुछ और नहीं बल्कि जीवन के इसी रहस्य को समझ सकने के लिए बनाए गए समीकरण हैं। सरल शब्दों में यही हम सबके जीवन का लेखा-जोखा है।

हम सामाजिक प्राणी हैं प्रिये। इसी नाते हमारी कुछ नागरिक जिम्मेदारियाँ भी हैं जिनका निर्वाह करने के लिए अनुशासन की आवश्यकता होती है। इसलिए हममें से प्रत्येक को अपने अधिकारों और अपने कर्तव्यों के बीच सीमांकन करने की महती आवश्यकता है।

लेकिन उन्हें समाज में नियोजित करने से पहले, हमें व्यक्तिगत रूप से उन सीमाओं को अपने आचरण पर लागू करना होगा। क्योंकि इन्हीं सीमाओं में स्वयं को संयत करने से हमें मनुष्य होने का गौरव प्राप्त होता है – जो निर्माता की सर्वश्रेष्ठ रचना है।

हममें से प्रत्येक को यह याद रखना होगा कि हम सभ्य हैं| इच्छा, भावना, भूख, वासना और चाह की अधपकी आंच पर विजय पा कर विकसित हुए हैं। ये तो वे प्रवृत्तियाँ हैं जिनका साहचर्य उत्थान के लिए किया जाना चाहिए - जीवन लक्ष्य के रूप में इनका पीछा नहीं किया जाना चाहिए! अन्यथा हम गुफाओं में रहने वाली उन बर्बर जातियों या अपरिष्कृत जीव-जन्तुओं से स्वयं को कैसे अलग कहेंगे जो अपनी भूख मिटाने के लिए दूसरों पर प्रहार करते हैं और मार भी डालते हैं? उन्हें सामाजिक तो नहीं कहा जा सकता न!

इच्छा, आशा, सपने, प्रेम, लालसा... ये सभी मनमोहक सम्भावनाएँ हैं जो जीवन को सुंदर और सार्थक बनाने के लिए जागती हैं। लेकिन उन्हें रचनात्मक रूप से परिष्कृत किया जाना चाहिए... स्पन्दित होने देना चाहिए एक ऐसे हृदय-कान्तर में, जहाँ पत्थरों में मुस्कुराहट उकेरने का लोक कल्याणकारी भाव जागृत हो। स्वार्थ की दिशा में इन्हें मोड़ दो, तो वे एक नहीं कई सुन्दर जीवन... और कभी-कभी पूरी सभ्यता के पतन का कारण बन जाएँगे।"

“लेकिन फिर भी आर्यपुत्र, हम हमेशा दिव्य और भव्य तो नहीं हो सकते, अपनी भावनाओं को लेकर इतने सबल नहीं हो पाते। कभी-कभी लड़खड़ा भी तो जाते हैं... किशोरावस्था या युवावस्था के आवेश वश... न कि किसी अहित-भाव के कारण। तब तो माफ किया जाना चाहिए न...?"

"सच है - हम गलतियाँ करते हैं। और हमें माफ भी किया जाना चाहिए। किन्तु पहले अपने स्वयं के द्वारा। यदि मैं स्वयं को क्षमा कर पा रहा हूँ, तो ही मैं अपने समाज या उन लोगों से माफी की उम्मीद कर सकता हूं, जिनके साथ मैंने अन्याय किया है। यही वह नियमाचार है जिस पर मैं चलता हूँ।"

“तो अब?"

"....?"

"तो अब आप इरा और नादिया को माफ कर देंगे?"

“मैं... मैं इरा या उसकी सखी नादिया का न्याय नहीं कर सकता प्रिये। मैं ही क्या, पूरे घटनाचक्र में फँसा कोई और भी नहीं कर सकता। क्योंकि उसने स्वयं अपना न्याय कर लिया है - जिसे

पश्चाताप कहते हैं| हो सकता है कि उसके हठ, उसके जुनून ने कई लोगों को परेशान किया हो, किन्तु उन सभी ने वह सब कुछ पुनः प्राप्त कर लिया है जो उन्होंने खो दिया था - सिवा उसके।

कसेरुमान की राजकुमारी ने अपने जीवन भर का सुख खो दिया है - वह सदा एक अपराधबोध के तहत घुटती रहेगी जो उसके आगामी वर्षों पर भी छाया रहेगा। यह कोई कम दण्ड नहीं है! उसने अपनी मुस्कानें दे कर उन सभी का भुगतान किया है जिसकी वह अपराधी थी। और... कामायनी! इतना हम जानते हैं कि वह एक उदार एवं सहृदय युवती है। इसी कारण वह अपने कर्मों का आकलन करने में सक्षम रही है... अपना पश्चाताप उसने स्वयं तय किया है| अपनी सन्तान से दूर रहना... अपने... अपने प्रेम... को सदा के लिए तिलांजलि दे देना!

इरा स्वयं को माफ़ करने की कोशिश कर रही है - और मुझे विश्वास है कि वह अंततः समय आने पर कर सकेगी। इतना दण्ड उसके लिए पर्याप्त होना चाहिए। सत्य कहूँ तो जहाँ से मैं देख रहा हूँ, सर्वप्रथम वह स्वयं अपनी अपराधी है। फिर मुझे, तुम्हें या किसी ओर को उसके कृत्यों की समीक्षा करने का अधिकार ही क्या है?”

कामायनी ने अपने पति को आज और भी ऊँचा पाया। अभागी इरा के प्रति मनु के मन में अप्रिय भावनाएँ होने की उसकी आशंका अब समाप्त हो गई थी। वह इरा को पसंद करने लगी थी... इस असहाय असुरकन्या के लिए उसके हृदय में अपार दया उमड़ आई थी... आखिरकार, मनु का आकर्षण क्या नहीं करा सकता था!

उसे अपने उन दिनों की याद आ गई जब वह स्वयं इस दर्शनीय पुरुष के मोह में विवश हो गई थी... उनकी स्वीकृति प्राप्त होने तक उसे भी कितनी पीड़ा सहन करनी पड़ी थी| बेचारी अतिथि लड़की ऐसे निर्दय आकर्षण को संयत करने के लिए कितना संयम रखती? उसने सुदूर सितारों के पार बैठी असुरकुमारी के लिए खेद अनुभव किया।

कामायनी ने मनु के चेहरे का अध्ययन किया - वे अब शान्त और स्थिर थे।

डेढ़ वर्ष पहले मनाली और मानवों को झकझोरने वाला तूफान आखिरकार थम गया।

"बालिका कहाँ है?" उसने पूछा।

"भीतर," उन्होंने कहा।

सूर्यपुत्र मनु ने अभी भी सो रहे इक्ष्वाकु को गोद में उठा लिया और मनाली के सबसे ऊंचे शिखर पर बने अपने कुटीर में प्रवेश किया।

कामायनी ने देखा, सुनहरी किनारी वाले एक श्वेत दुकूल (यह मनु का वस्त्र था जिसे उस रात इरा ने अपने पास रख लिया था) में लिपटा एक नन्हा शिशु... पाँच महीने की एक नन्हीं बालिका अपने दिव्य नेत्र खोल कर मुस्कुरा रही थी| उसके सुनहरी बालों के छल्ले उसके गोरे माथे पर झूल रहे थे। उसने मनुप्रिया को देखकर प्रसन्नता से अपने छोटे-छोटे सफेद हाथों को उठा कर में हिलाया,

"....ला!"

कामायनी ने उसकी जगमगाती नीली आँखों को देखा, फिर अपने पति को देखा और कहा,

"हाँ। वह मेरी है... मेरी और तुम्हारी, हमारी इला!"

मनु ने सहमति में सिर हिलाया।

पाठ्यक्रम

यह कहानी भारतीय उप-महाद्वीप के समृद्ध इतिहास की प्रस्तावना है। ऐसा माना जाता है कि मनुष्य, या मानव नामधारी जाति इस युग के प्रथम नायक महाराज सूर्य के पुत्र श्राद्धदेव मनु के अनुयायी हैं| उनकी पत्नी को प्राचीन संस्कृत ग्रंथों में कामायनी (या कुछ स्थानों पर श्रद्धा) के नाम से जाना जाता है।

उनकी प्रथम संतान थे इक्ष्वाकु, जो विश्व प्रसिद्ध सूर्यवंश (अर्थात् राजा सूर्य के वंशज) के अग्रगामी पुरुष थे।

उन्हें उस विरासत को शुरू करने का श्रेय दिया जाता है जिसने वर्षों बाद इसी प्रशंसित राजवंश में भगवान राम के अवतरण के द्वारा और अधिक सम्मान अर्जित किया। सूर्यवंशी (सूर्य वंश में पैदा हुए) भगवान राम वर्तमान युग के आरम्भ में इन्हीं श्राद्धदेव मनु द्वारा स्थापित वसीयत के सबसे प्रसिद्ध वंशज हैं।

इरा या ईरा द्वारा मनु से उत्पन्न सन्तान के विषय में जैसा कि उपलब्ध पुराने ग्रंथों में वर्णित है (पुराण जो कि हमारे इतिहास के महान स्रोत हैं) माना जाता है कि यह इला या एला नाम की लड़की है। उसे कामायनी और मनु द्वारा पालित किया जाना बताया गया है, किन्तु उसकी जैविक माँ इरा का कोई विस्तृत उल्लेख नहीं है।

इरा एक ऐसी अज्ञात कुलनामा कन्या है जिसने अज्ञात काल में किसी अज्ञात क्षेत्र में मनु से प्रेम किया था। उसने प्रथम मानव-राज को किसी तरह अपने पथ से भटकने के लिए प्रेरित किया था, किन्तु जब उसे अपनी भूल का एहसास हुआ तो वह मनु और अपने नए जन्मे बच्चे को छोड़कर

पुनः अपने अज्ञात परिचय के साथ ही गुम हो गई थी। ये इस कहानी की एकमात्र उपलब्ध रूपरेखा हैं जैसा कि हमारे प्राचीन ग्रंथों में प्राप्त होती है।

मनुपुत्री इला या एला ने सोम या चंद्र (मनु के निकट सहयोगी) के बेटे बुध से शादी की थी, जो एक वसु था। चन्द्र वास्तव में सोम का ही प्रचलित नाम है।

मनुपुत्री एला और बुध ने चंद्र वंश के प्रसिद्ध अग्रदूत पुरुरवा को जन्म दिया, जिसकी वंशावली में आगे चल कर पांडव (महाभारत प्रसिद्धि के) पैदा हुए थे।

संक्षेप में यह, कि सूर्य-वंश और चंद्र-वंश दोनों एक व्यक्ति मनु से कैसे उत्पन्न हुए यही इस कथा के माध्यम से उपजी भारतीय इतिहास के प्रति मेरी समझ है| यही वह पैटर्न है जिसके माध्यम से हमारे इतिहास ने अपना रास्ता खोजा है ... मनु से शुरू होकर, उप-राजवंशों और श्रेणियों में आगे बढ़कर, प्राचीन और मध्ययुगीन युग के अनेकविध शासकों तक विस्तार पाकर, और अंत में उन सभी राजवंशों का विलय वर्तमान आधुनिक भारत की वैश्विक जनसंख्या के रूप में समृद्ध होकर।

हम मनु को याद कर सकते हैं या भूल भी सकते हैं, किन्तु इस तथ्य को नकार नहीं सकते कि आज की वैज्ञानिक शोधों ने हमारे एक ही जीन पूल से विकसित होने का बारम्बार संकेत दिया है। हम में से अधिकांश मनुष्य, जाति, वर्ण, समाज और पंथ की भिन्न परम्पराओं में बंट कर भी आनुवंशिक रूप से एक दूसरे के बेहद करीब हैं।

हालांकि इस तरह के शोधों के परिणाम अभी तक सार्वजनिक रूप से प्रमाणित नहीं हुए हैं, लेकिन यह तो निश्चित प्रतीत होता है - हम किसी

दिन एक ही थे। आज के तथाकथित सभ्य मानव समाज के अंतहीन विभाजन इस तथ्य के प्रकाश में और अधिक बेतुके दिखाई देते हैं।

इसलिए यह कल्पना कितनी दिलचस्प है, कि आज भी भूमि, क्षेत्र या संस्कृति की महती सीमाओं से परे, कुछ सदियों पुराने रक्त संबंधों के माध्यम से हम सब एक साथ जुड़े हुए हैं... सोचिये, है या नहीं!